16	3	2	13
5	10	11	8
9	6	7	12
4	15	14	1

Bertolt Brecht

CONVERSAS DE REFUGIADOS

Tradução, posfácio e notas
Tercio Redondo

editora■34

EDITORA 34

Editora 34 Ltda.
Rua Hungria, 592 Jardim Europa CEP 01455-000
São Paulo - SP Brasil Tel/Fax (11) 3811-6777 www.editora34.com.br

Copyright © Editora 34 Ltda. (edição brasileira), 2017
© Bertolt-Brecht-Erben / Suhrkamp Verlag, 1961
All rights reserved and controlled through Suhrkamp Verlag Berlin

A FOTOCÓPIA DE QUALQUER FOLHA DESTE LIVRO É ILEGAL E CONFIGURA UMA
APROPRIAÇÃO INDEVIDA DOS DIREITOS INTELECTUAIS E PATRIMONIAIS DO AUTOR.

Título original:
Flüchtlingsgespräche

Capa, projeto gráfico e editoração eletrônica:
Bracher & Malta Produção Gráfica

Revisão:
Milton Ohata, Beatriz de Freitas Moreira

1ª Edição - 2017 (1ª Reimpressão - 2021)

CIP - Brasil. Catalogação-na-Fonte
(Sindicato Nacional dos Editores de Livros, RJ, Brasil)

	Brecht, Bertolt, 1898-1956
B43c	Conversas de refugiados / Bertolt Brecht; tradução, posfácio e notas de Tercio Redondo — São Paulo: Editora 34, 2017 (1ª Edição). 160 p.
	Tradução de: Flüchtlingsgespräche
	ISBN 978-85-7326-658-0
	1. Ficção alemã. I. Redondo, Tercio. II. Título.

CDD - 833

CONVERSAS DE REFUGIADOS

Nota da edição 7

1. Sobre passaportes / Sobre a igualdade da cerveja
   e dos charutos / Sobre o apego à ordem 11

2. Sobre o materialismo vulgar /
   Sobre os livre-pensadores / Ziffel escreve
   suas memórias / Sobre a multiplicação
   das pessoas importantes 20

3. Sobre o homem bruto / Cobranças mínimas
   na escola / Herrnreitter 29

4. O monumento ao grande poeta Kivi /
   A gente pobre é educada de modo
   mais virtuoso / Pornografia 36

5. Memórias de Ziffel II / Dificuldades
   dos grandes homens / Se o "Como-É-Mesmo-
   -Que-Se-Chama?" possui um patrimônio 48

6. O triste destino das grandes ideias /
   A população civil é um problema 56

7. Memórias de Ziffel III / Sobre a formação 60

8. Sobre o conceito de bondade / As perversidades
   alemãs / Confúcio, sobre os proletários /
   Sobre a seriedade.. 65

9. A Suíça, famosa pelo apego à liberdade
   e por seus queijos / Educação exemplar
   na Alemanha / Os americanos............................... 76

10. A França ou o patriotismo / Sobre deitar raízes 83

11. Dinamarca ou o humor /
    Sobre a dialética hegeliana 89

12. A Suécia ou o amor ao próximo /
    Um caso de asma.. 97

13. Lapônia ou o autodomínio e a coragem/
Parasitas 106

14. Sobre a democracia/Sobre a singular palavra
"povo"/Sobre a ausência de liberdade
no comunismo/Sobre o receio diante do caos
e do pensamento 110

15. O pensamento como prazer/
Sobre os prazeres/Crítica verbal/
A burguesia é destituída de senso histórico 116

16. Sobre as raças superiores/
Sobre a dominação do mundo 125

17. Uma invenção de duas cabeças descansadas:
a escrita de Ziffel e Kalle 132

18. Ziffel explica seu desprezo
por todas as virtudes 138

19. As palavras finais de Kalle/Movimento vago 141

Posfácio do tradutor 144

Tabela de correspondência dos capítulos 153
Sobre o autor 155
Sobre o tradutor 157

Nota da edição

A primeira edição das *Conversas de refugiados*, de Bertolt Brecht (1898-1956), foi levada a cabo por Herta Ramthun, inicialmente na forma de excertos, nas revistas *Sinn und Form* (1957) e *Aufbau* (1958). Em seguida foi lançada em livro pela editora Suhrkamp (1961).

Os textos foram escritos por Brecht entre 1940 e 1944, em seu exílio na Finlândia e nos Estados Unidos.

A presente tradução foi realizada a partir da edição organizada por Werner Hecht, Jan Knopf, Werner Mittenzwei e Klaus-Detlef Müller, também para a Suhrkamp. O texto de partida, *Flüchtlingsgespräche*, consta do volume 18, *Prosa 3*, dessa edição (*Bertolt Brecht. Große kommentierte Berliner und Frankfurter Ausgabe*), publicado em 1995.

Os capítulos foram aqui numerados sequencialmente, de maneira diferente daquela adotada pela edição alemã, que respeitou a numeração provisória e irregular dos manuscritos de Brecht.

He knew that he was still alive.
More he could not say.

Wodehouse[1]

---

[1] Trecho do romance *Something New* (1915), de P. G. Wodehouse.

1
Sobre passaportes /
Sobre a igualdade da cerveja e dos charutos /
Sobre o apego à ordem

A fúria da guerra havia devastado metade da Europa, mas ainda era jovem e bela e pensava numa maneira de dar um salto até a América. Nessa mesma época, dois homens estavam sentados no restaurante da estação ferroviária de Helsingfors[2] e falavam de política, tomando sempre o cuidado de olhar para os lados. Um deles era alto e gordo e tinha as mãos alvas, o outro era atarracado e tinha as mãos de um metalúrgico. O grandalhão mantinha erguido o copo de cerveja, que seus olhos atravessavam.

O ALTO

Esta cerveja não é cerveja, e daí deduzimos que estes charutos também não sejam charutos, mas o passaporte tem de ser um passaporte, que franqueia a entrada de alguém no país.

O ATARRACADO

O passaporte é a porção mais nobre de uma pessoa. Ele não surge de modo tão simples como uma pessoa. Uma pessoa pode surgir em qualquer lugar, da maneira mais irrefletida e sem motivo razoável. Um passaporte, jamais. Ele é reconhecido quando é bom, enquanto uma pessoa pode ser boa e, ainda assim, não ser reconhecida.

---

[2] Denominação sueca para Helsinque.

O ALTO

Pode-se dizer que o homem é apenas o portador mecânico de um passaporte. Colocam-no no bolso de seu paletó, da mesma maneira que uma pasta com ações é guardada no cofre — que em si mesmo não tem nenhum valor, mas contém objetos valiosos.

O ATARRACADO

Não obstante, seria possível afirmar que, de certo modo, o homem é necessário para o passaporte. O passaporte é a questão principal. Ele inspira todo o respeito! Mas, sem uma pessoa que lhe corresponda, ele não seria possível ou, pelo menos, não inteiramente possível. É como o que se passa com o cirurgião; ele precisa do doente para poder operar. Nesse sentido, é dependente, é algo pela metade, mesmo com todos os seus estudos. Num Estado moderno, acontece a mesma coisa. A questão principal é o *Führer*, ou o *Duce*, mas ambos precisam de pessoas para conduzir. Eles são grandes, mas alguém tem de aparecer, senão a coisa não funciona.

O ALTO

Os nomes que você menciona lembram-me a cerveja e os charutos daqui. Eu gostaria que fossem de marcas famosas, o melhor que se pudesse obter localmente, e noto uma circunstância afortunada no fato de que a cerveja não seja cerveja *e* de que os charutos não sejam charutos, pois se acaso não houvesse essa coincidência, não seria possível administrar o restaurante. Suponho que o café também não seja café.

O ATARRACADO

Que quer dizer com "circunstância afortunada"?

O ALTO

Quero dizer que o equilíbrio é readquirido. Esses dois não precisam recear uma comparação entre si mesmos, juntos podem desafiar o mundo dizendo que não poderiam ter achado amigo melhor, e seus encontros transcorrem em harmonia. Seria diferente se o café, por exemplo, fosse café, e apenas a cerveja não fosse cerveja. Sem pestanejar, todos iriam falar mal da cerveja, e então? Mas, desvio-o de seu tema, o passaporte.

O ATARRACADO

Esse não é um tema feliz a que eu desejaria me apegar. Admira-me apenas que, justamente agora, estejam tão empenhados na contagem e no registro das pessoas, como se alguém lhes pudesse escapar. Fora isso, continuam os mesmos. Mas eles têm de saber exatamente se uma pessoa é ela mesma e nenhuma outra, como se não lhes fosse completamente indiferente saber quem será deixado à míngua.

O alto e gordo ergueu-se, curvou-se e disse: "Meu nome é Ziffel, físico". O atarracado pareceu refletir se devia também se levantar, mas conteve-se e permaneceu sentado. Resmungou apenas: "Chame-me Kalle, isso basta".

O grandalhão sentou-se novamente e, antes de voltar a falar, tragou melindrosamente de seu charuto, do qual se queixara repetidas vezes.

ZIFFEL

A preocupação com as pessoas aumentou bastante nos últimos anos, especialmente nas novas configurações do Estado. As coisas já não são como antes, o Estado se preocupa. Os grandes homens que surgiram em várias partes da Europa demonstram grande interesse pelas pessoas e jamais se dão por satisfeitos. Necessitam de muita gente. No começo, quebrou-se a cabeça para se entender por que, por todo lado nas regiões de fronteira, o *Führer* reunia as pessoas e as transportava para o interior da Alemanha. Apenas agora, na guerra, a questão foi esclarecida. O conflito consome muita gente e precisa de uma multidão. Os passaportes, porém, existem por causa da ordem. Ela é imprescindível em tempos como este. Suponha que você e eu andemos por aí, sem um certificado de quem sejamos, de modo que não possamos ser achados no momento em que devemos ser expulsos; nesse caso, não haveria ordem. Você falou de um cirurgião. A cirurgia só funciona porque o cirurgião sabe a localização corpórea do apêndice cecal. Caso, sem o conhecimento do cirurgião, o apêndice pudesse se deslocar para a cabeça ou para o joelho, sua extração seria complicada. Qualquer amigo da ordem confirmará isso para você.

KALLE

O homem mais ordeiro que conheci na vida foi um sujeito que se chamava Schiefinger, soldado da SS no campo de concentração de Dachau.[3] Contava-se dele que não permitia à namorada balançar o traseiro noutro dia que não fosse o sábado e noutro horário que não fosse a noite, nem mesmo por descuido. Na taverna, ela não podia pôr a garrafa de limonada na mesa, se a base do vasilhame estivesse molhada. Quando nos açoitava com o chicote de couro, agia de modo tão consciente que os vergões que causava obedeciam a um padrão que, submetidos a um teste, seriam milimetricamente aprovados. O sentido da ordem era-lhe de tal maneira entranhado que ele preferiria não açoitar a fazê-lo de forma desordenada.

ZIFFEL

Esse é um ponto muito importante. Em nenhum lugar se zela mais pela ordem do que na prisão e no meio militar. Desde há muito é assim, literalmente. Iniciada a guerra de

---

[3] Campo de concentração e extermínio situado nas proximidades de Munique.

1870,[4] se um general francês anunciasse ao Imperador Napoleão que o exército estava pronto até o último botão, não teria prometido pouca coisa, caso realmente houvesse feito esse anúncio. O que importa é o último botão. Nenhum deles deve faltar. E com o último ganha-se a guerra. A última gota de sangue também é importante, mas não tanto quanto o último botão. Trata-se, a saber, da ordem com que se ganha a guerra. A ordem nunca chega ao sangue do mesmo modo que chega aos botões. O estado-maior nunca sabe se a última gota de sangue foi derramada de modo tão exato quanto está informado sobre os botões.

KALLE

A palavra "último" era uma de suas prediletas. No pântano, o soldado da SS sempre dizia que tínhamos de enterrar a pá com nossa última energia. Admirava-me amiúde o porquê de não podermos fazê-lo com nossa primeira. Tinha de ser com a última, senão ele não via a menor graça. Também a guerra eles querem vencer com a última energia; contam com ela.

ZIFFEL

O que lhes importa é a seriedade.

KALLE

Seriedade sangrenta. Uma seriedade que não seja sangrenta não é séria.

ZIFFEL

Isso nos leva de volta aos botões. Nos negócios, a ordem jamais desempenha o mesmo papel que no meio militar, embora nos negócios a meticulosa ordem acarrete lucros, en-

---

[4] Guerra entre a Prússia e a França. A vitória prussiana foi decisiva para a unificação da Alemanha em 1871.

quanto na guerra apenas as perdas ocorram. Poderíamos pensar que nos negócios o centavo pesa bem mais que um botão na guerra.

KALLE

Não são os botões em si mesmos que importam na guerra; em nenhum outro lugar há tamanho desperdício de material, todos sabem disso. Na guerra há pujança. Já se viu alguma vez uma administração militar que fosse econômica? Ordem não significa poupar.

ZIFFEL

Naturalmente que não. A ordem consiste em desperdiçar as coisas de modo planejado. Tudo aquilo que é jogado fora, ou arruinado, ou devastado, deve ser registrado e enumerado no papel, isso é ordem. Contudo, a principal razão para que a ordem seja observada é de natureza pedagógica. O homem não pode executar certas tarefas se não o fizer de modo ordeiro. Refiro-me aqui às ordens absurdas. Faça um prisioneiro cavar uma vala e então novamente soterrá-la e em seguida voltar a cavá-la, e deixe-o fazê-lo da maneira mais desleixada, como lhe der na telha; ele se tornará louco, ou rebelde, o que dá no mesmo. Se, porém, for instado a segurar a pá dessa ou daquela maneira, a não enterrá-la um único centímetro mais fundo, e se uma linha for esticada demarcando o ponto onde ele deve cavar, de modo que a vala tenha uma medida exata, e se novamente, ao soterrá-la, zelar para que o terreno fique tão plano como se nenhuma vala houvesse sido escavada, então o trabalho pode ser executado e tudo vai andar na linha, como diz a expressão popular. Por outro lado, nos tempos que correm, a condição humana não subsiste sem o suborno, ele também um tipo de desordem. Você encontra humanidade quando depara um funcionário público que estende a mão para receber. Ocasionalmente, com um pouco de suborno, você pode até mesmo obter justiça. Na

Áustria, dei uma gorjeta para que chegasse a minha vez na fila do passaporte. Ao mirar o semblante bondoso de um funcionário, vi que ele receberia o que eu lhe oferecia. Os regimes fascistas esbravejam contra a corrupção justamente por serem desumanos.

KALLE

Alguém disse certa vez que os excrementos não são nada senão matéria fora do lugar. Num vaso de flores você não pode chamar o excremento pura e simplesmente de excremento. No fundo, sou pela ordem. Vi certa vez um filme de Charlie Chaplin. Na película, ele põe as roupas e tudo o mais numa valise, quer dizer, ele as enfia lá de qualquer jeito e fecha a tampa, e então parece-lhe que a coisa está desarrumada porque há pedaços de roupa sobrando do lado de fora. Aí ele toma uma tesoura e corta mangas de camisa e pernas de calça, em suma, tudo aquilo que ficou de fora. Aquilo me espantou. Mas vejo que você não preza a ordem tanto assim.

ZIFFEL

Apenas percebo as enormes vantagens do desmazelo. Ele já salvou a vida de milhares de pessoas. Na guerra, o ligeiro descumprimento de uma ordem bastou muitas vezes para que um homem escapasse com vida.

KALLE

Isso é verdade. Meu tio esteve em Argonne.[5] Certo dia ele estava com seus companheiros numa trincheira, e por telefone chegou a ordem de recuar e de fazê-lo imediatamente. Mas preferiram não atendê-la de pronto e comeram umas batatas primeiro, e assim foram parar na prisão e se salvaram.

---

[5] Região do noroeste da França, sede de sangrentas batalhas a partir de agosto de 1914, no início da Primeira Guerra Mundial.

ZIFFEL[6]

Ou então, pense num aviador. Está cansado e lê os instrumentos de voo sem a precisão necessária. Sua carga de bombas cai ao lado de um grande edifício de apartamentos em vez de cair sobre ele. Meia centena de pessoas é salva. Penso que as pessoas não estão maduras para uma virtude como a do apego à ordem. Sua compreensão não se formou de maneira suficiente para essa virtude. Suas iniciativas são estúpidas, e apenas uma execução desleixada e desordeira de seus planos pode protegê-las de um prejuízo maior.

ZIFFEL

Tive um auxiliar de laboratório, o senhor Zeisig, que mantinha tudo em ordem, e isso lhe dava muito trabalho. Arrumava as coisas continuamente. Quando separávamos alguns aparelhos para um experimento qualquer e éramos chamados ao telefone, antes de retornarmos ele já tinha posto tudo de volta em seu devido lugar; e toda manhã as mesas brilhavam de tão limpas, ou seja, as folhas com nossos apontamentos haviam desaparecido para sempre na lata de lixo. Mas ele se esforçava, e por isso não podíamos dizer nada. É claro que dizíamos alguma coisa, mas com isso cometíamos uma injustiça. Quando algo desaparecia novamente, quer dizer, quando o ambiente havia sido arrumado, ele olhava para um de nós com seus olhos transparentes, nos quais não se percebia um único grão de inteligência; tínhamos pena dele. Nunca imaginei que o senhor Zeisig pudesse ter uma vida privada, mas tinha. Quando Hitler chegou ao poder, descobriu-se que o senhor Zeisig havia sido o tempo todo um velho combatente. Na manhã do dia em que Hitler foi nomeado chanceler, ele disse, enquanto cuidadosamente pendurava

---

[6] A partir desta, observam-se três falas de Ziffel não intercaladas por intervenções de Kalle. O editor alemão não comenta essa quebra na alternância das falas.

meu casaco: senhor doutor, agora haverá ordem na Alemanha. E o senhor Zeisig manteve a palavra.

ZIFFEL

Eu não gostaria de viver num país onde reina uma ordem particular. Nesse país reina a estreiteza. Poder-se-ia também dizer que há ordem quando se administra a abundância, como ocorre entre nós, como já disse, durante a guerra. Mas ainda não chegamos a esse ponto.

KALLE

Você pode expressar isso do seguinte modo: onde nada está no lugar certo, há desordem. Onde, no lugar certo, nada se encontra, há ordem.

ZIFFEL

Hoje em dia, costuma haver ordem onde nada há. É um fenômeno de carestia.

O atarracado assentiu com a cabeça, mas repugnava-lhe o traço de seriedade que — nesse ponto um homem bastante sensível — sentiu ou acreditava sentir nessas últimas frases, e esvaziou sua xícara de café com goles demorados.

Pouco depois, separaram-se e afastaram-se, tomando cada qual o rumo de sua casa.[7]

---

[7] Alusão ao censo demográfico de Augusto, assim referido nos Evangelhos: "Todos iam alistar-se, cada um à sua própria cidade" (Lucas 2, 3). A frase, com ligeiras variações, fecha quase todos os demais diálogos.

2
Sobre o materialismo vulgar /
Sobre os livre-pensadores /
Ziffel escreve suas memórias /
Sobre a multiplicação das pessoas importantes

Ziffel e Kalle surpreenderam-se muito quando, dois dias mais tarde, novamente se encontraram no restaurante da estação ferroviária. Kalle vestia a mesma roupa. Ziffel não portava o grosso casaco que, apesar do verão, trajara na última vez.

ZIFFEL

Achei um quarto. Fico sempre feliz quando arrumo um lugar para meus 90 quilos de carne e ossos. Nos tempos que correm, não é pouca coisa carregar um amontoado de carne como este. E a responsabilidade é naturalmente maior. É pior arruinar 90 quilos de carne do que apenas 65.

KALLE

Mas sua vida é certamente mais fácil. A corpulência causa boa impressão, demonstra riqueza, e esta também causa boa impressão.

ZIFFEL

Não como mais do que você.

KALLE

Não seja tão suscetível. Não faço objeção ao fato de você comer até ficar satisfeito. Nos círculos da gente refinada, talvez seja vergonhoso passar fome, mas entre nós não é vergonhoso quando alguém come até se fartar.

ZIFFEL

Por algum motivo, o assim chamado materialismo goza de má reputação nas altas-rodas; seus integrantes gostam de falar sobre os prazeres materiais vulgares, e as classes baixas são aconselhadas a não se entregar a eles. Isso é de antemão desnecessário, pois, como se sabe, elas não têm dinheiro para tanto. Perguntei-me muitas vezes o porquê de os escritores de esquerda, para provocar, não prepararem suculentas descrições dos prazeres que se gozam, quando podem ser gozados. Invariavelmente, vejo apenas manuais que nos informam sobre a filosofia e a moral vigente nas altas-rodas. Por que não manuais sobre o ato de se empanturrar e sobre outros prazeres que a turma de baixo não conhece, como se ela desconhecesse apenas Kant!? É triste o fato de alguém não ter visto as pirâmides, mas acho ainda mais aflitivo que esse alguém não tenha visto igualmente um filé com molho de champignon. Uma simples descrição dos tipos de queijo, redigida de maneira clara e inteligível, ou a imagem artisticamente sensível de uma omelete, tudo isso teria um efeito absolutamente instrutivo. Uma boa sopa de carne guarda uma relação extraordinária com o humanismo. Você tem ideia do que seja caminhar com sapatos decentes? Quero dizer, com sapatos leves, de fino couro e feitos sob medida, com os quais você se sente como um dançarino, além de calças bem cortadas e de tecido macio. Quem de vocês conhece essas coisas? Essa é uma ignorância que custa caro. A ignorância sobre bifes, sapatos e calças é dupla: você não lhes conhece o sabor e não sabe a maneira de obtê-los. É tripla, porém, a ignorância, quando você não sabe que essas coisas existem.

KALLE

Não precisamos do apetite, já temos a fome.

ZIFFEL

Deveras, essa é a única coisa que vocês aprendem fora

dos livros. Se valesse o que dizem os escritores de esquerda, vocês teriam de aprender também com eles que têm fome. Os alemães têm uma débil vocação para o materialismo. Quando dele se apropriam, logo subtraem-lhe a ideia de que o materialista é aquele que acredita que as ideias provêm das condições materiais e não o inverso, mas essa *matéria* não vai além desse ponto. Somos levados a crer que na Alemanha existem dois tipos de pessoas: os clérigos e seus adversários. Vale dizer, de um lado os representantes deste mundo, figuras mirradas e pálidas, que conhecem todos os sistemas filosóficos, de outro os representantes do além, senhores corpulentos, que conhecem todos os tipos de vinho. Ouvi certa vez uma disputa entre um clérigo e um adversário. O anticlericalista dizia do clérigo que este pensava apenas em se empanturrar, e o clérigo respondia dizendo que o cavalheiro, seu interlocutor, pensava apenas nele, o clérigo. Ambos tinham razão. A religião produziu os heróis mais fortes e os eruditos mais refinados, mas foi sempre um tanto enfadonha. Em seu lugar surge agora um ateísmo flamejante, que é avançado, mas cobra tempo.

KALLE

Aí reside uma questão importante. Frequentei certa época o círculo dos livres-pensadores. Nossa convicção nos ocupava por um tempo considerável. O tempo que restava da luta pela escola laica nós o empregávamos no desmascaramento do Exército de Salvação,[8] e o tempo gasto na propaganda da incineração depois da morte, nós tínhamos de roubá-lo do horário das refeições. Por vezes, enquanto fazíamos campanha contra a religião, ocorria-me a ideia de que, dian-

---

[8] Instituição cristã de caridade, com sede em diversos países e organizada hierarquicamente à maneira militar. Os "boinas pretas" da peça *A Santa Joana dos matadouros* (1930), de Brecht, são figuras alusivas a seus membros.

te de tamanho fervor e confiança, se fôssemos observados de longe, poderiam nos tomar por uma seita particularmente zelosa. Saí daquele meio porque minha namorada pediu que eu me decidisse entre ser um livre-pensador e passear com ela aos domingos. Por muito tempo nutri um sentimento de culpa por nada mais ter feito contra a religião.

ZIFFEL

Fico feliz em saber que você saiu.

KALLE

Entrei noutro lugar.

ZIFFEL

E conservou a namorada.

KALLE

Não, eu a perdi, assim como ela me perdeu ao pedir novamente que eu me decidisse, no momento em que eu ingressava nesse outro lugar. A religião é como o álcool. Você não se livra dele enquanto ele ainda significar um progresso. Os piores beberrões eram os carroceiros durante o inverno. Aquecidos em seus veículos, os motoristas de hoje podem poupar-se dessa despesa.

ZIFFEL

Quer dizer que não é contra a aguardente, mas a favor dos motores?

KALLE

É por aí. Está satisfeito com seu quarto?

ZIFFEL

Ainda não me perguntei por isso. Não faço perguntas e não busco a resolução de problemas, caso a resposta mais precisa e a solução final não me conduzam adiante. Quando caio num pântano, não me pergunto se prefiro a calefação a vapor ou o calor proveniente de um fogão. Cogito de escrever minhas memórias em meu quarto.

KALLE

Eu pensava que memórias devessem ser escritas apenas no fim da vida, época em que temos uma correta visão de conjunto e sabemos nos exprimir com cautela.

ZIFFEL

Não tenho visão de conjunto e não me expresso com cautela, mas a primeira condição eu a preencho tão bem quanto qualquer outro nesta parte do mundo. Quero dizer, a condição de estar provavelmente no fim da vida. Aqui não é o melhor lugar para escrever, pois para isso preciso de charutos, e por causa do bloqueio eles são difíceis de achar, embora, trabalhando de maneira sistemática, eu possa redigir 80 páginas grandes à custa de 40 charutos. No momento, estou ainda em condições de comprá-los. Outra coisa preocupa-me mais. Ninguém se surpreenderia com a notícia de uma pessoa importante ter a intenção de oferecer a seus semelhantes um relato de suas experiências pessoais, de suas opiniões e objetivos. Tenho essa intenção, mas sou uma pessoa insignificante.

KALLE

Quanto a isso você pode contar com um surpreendente sucesso.

ZIFFEL

Diga se não é esta a sua opinião: que devo abandonar a reserva e repentinamente tomar de assalto um ponto em que o adversário, o leitor, entra como que sonhando e não consegue se defender a tempo.

KALLE

Exatamente. Que você seja insignificante ele o descobrirá tarde demais. A essa altura você já lhe terá exposto metade de suas opiniões. Ele as terá devorado com sofreguidão, sem ter refletido um segundo sequer. E quando lhe ocorrer que tudo é um absurdo, você já o terá familiarizado com os objetivos que você mesmo persegue, e mesmo que ele assuma uma postura crítica, algo disso vai se fixar em sua memória.

Ziffel examinou Kalle atentamente, sem que lhe notasse um sinal de malícia. Os olhos do outro miravam-no de maneira honesta e encorajadora. Tomou um gole de sua cerveja, que não era cerveja, e readquiriu seu olhar especulativo e distante.

ZIFFEL

Do ponto de vista moral, sinto que estou certo. Enquanto as opiniões das pessoas importantes são anunciadas com alarde, e elas são estimuladas e pagas regiamente, as opiniões das insignificantes são reprimidas e desprezadas. Por isso, quando escrevem e querem ter suas ideias publicadas, as pessoas insignificantes apresentam sempre as opiniões das pessoas importantes, em vez das próprias. Para mim, essa é uma situação insustentável.

KALLE

Você pode, quem sabe, escrever um livro menor. Uma pequena edição da Reclam.[9]

ZIFFEL

Por que um menor? Vejo-lhe bem a insídia. Em sua opinião, uma pessoa importante pode escrever um livro grande, embora as exigências que faz aos leitores nunca possam ser

---

[9] Editora alemã especializada em livros de bolso.

satisfeitas, pois são excessivas. Mas eu, sendo alguém que deseja anunciar opiniões realmente insignificantes, que qualquer um pode acrescentar às próprias — se é que já não as tem, sem ousar admiti-las — devo, pelo contrário, falar de modo abreviado!

KALLE

Concordo com você, isso faz parte da tirania geral. Por que uma pessoa qualquer não poderia expor detalhadamente as suas opiniões e ser ouvido com cortesia?

ZIFFEL

Aí você se equivoca. Eu disse que sou uma pessoa insignificante, mas de modo nenhum uma pessoa qualquer. Aí há uma confusão conceitual. Conquanto não falemos tão facilmente de uma importante pessoa qualquer, não hesitamos em falar o tempo todo de insignificantes pessoas quaisquer. Protesto veementemente contra isso. Mesmo entre nós, os insignificantes, há enormes diferenças. Assim como há pessoas que possuem numa medida particular as qualidades da coragem, do talento e do altruísmo, há também aquelas que não possuem tais qualidades numa medida particular. Pertenço a esse último grupo e, nesse sentido, constituo uma exceção, não sendo, portanto, uma pessoa qualquer.

KALLE

Desculpe.

ZIFFEL

Não resta dúvida de que em nossa época as pessoas insignificantes sejam vistas como seres em extinção. O progresso nos domínios da ciência, da técnica e sobretudo da política leva-as a desaparecer da face da Terra. A extraordinária capacidade de nosso tempo para criar alguma coisa a partir do nada produziu um grande número de homens importantes. Eles surgem em massas cada vez mais gigantescas ou, melhor dizendo, marcham em massas cada vez mais gigantescas. Por toda parte, até onde a vista alcança, há indivíduos formidáveis, que se comportam como os grandes santos e heróis. Onde, nos velhos tempos, poderíamos encontrar tanta coragem, abnegação e talento? Guerras como as nossas e tempos de paz como os nossos não teriam sido então possíveis. Teriam simplesmente requerido virtudes em demasia e um número maior de homens importantes do que aqueles que se tinha à mão.

KALLE

Porém, se o tempo dos não heróis, por assim dizer, já ficou para trás, a opinião deles talvez não interesse mais.

ZIFFEL

Pelo contrário! Temos prazer em conhecer sentimentos e modos de pensar que se tornaram raros. O que não daríamos, por exemplo, para ter informações mais precisas sobre a vida íntima de algum dos últimos sáurios, os grandes herbívoros que surgiram na Terra em tempos pré-históricos? Eles se extinguiram porque provavelmente não puderam rivalizar em importância com as outras criaturas, mas, exatamente por isso, algo de autêntico neles poderia despertar nosso interesse.

KALLE

Uma vez que você se compara aos sáurios, está mais do que na hora de escrever suas memórias, pois em pouco tempo ninguém poderá compreendê-las.

ZIFFEL

A transição se realiza com extrema rapidez. Hoje a ciência supõe que a transição de uma época a outra é produzida aos saltos — de maneira repentina, você pode dizer. Durante longo tempo, ocorrem diminutas transformações, divergências e arranjos que preparam a mudança. Mas esta surge num dramático repente. Durante certo tempo, os sáurios se movem, por assim dizer, em meio à nata da sociedade, embora já tenham de alguma maneira ficado para trás. Já não gozam do mesmo prestígio de antes, mas ainda são cumprimentados. No nobiliário do mundo animal, até por causa de sua idade, ainda ocupam um lugar de destaque. Ainda é de bom tom comer ervas, embora os melhores animais já prefiram a carne. Ainda não é vergonhoso medir 20 metros da cabeça à cauda, embora isso já não represente nenhum mérito. A situação se mantém, mas então, subitamente, ocorre a reviravolta. Se você não fizer grande objeção, eu gostaria de lhe pedir para, de vez em quando, ouvir um ou outro capítulo de minhas memórias.

KALLE
Não faço nenhuma.

Pouco depois, separaram-se e afastaram-se, tomando cada qual o rumo de sua casa.

3
Sobre o homem bruto /
Cobranças mínimas na escola /
Herrnreitter

Ziffel ia quase todos os dias ao restaurante da estação, pois no grande edifício havia uma pequena tabacaria, e de vez em quando aparecia uma moça portando algumas sacolas. Ela abria o estabelecimento e durante dez minutos vendia charutos e cigarros. Ziffel tinha já pronto um capítulo de suas memórias no bolso do paletó e aguardava pela eventual chegada de Kalle. Depois de uma semana sem que este aparecesse, achou que tinha escrito o capítulo em vão e suspendeu o restante do trabalho. À exceção de Kalle, não conhecia em H. ninguém que falasse alemão. Porém, no décimo ou undécimo dia, Kalle apareceu e não se mostrou particularmente surpreso quando Ziffel tirou o manuscrito do bolso.

ZIFFEL

Começo com uma introdução na qual, modestamente, chamo a atenção para o fato de que minhas opiniões, que pretendo expor, ao menos até pouco tempo atrás constituíam a opinião de milhões, de modo que não *podem* ser completamente desinteressantes. Pulo a introdução e mais um pedaço, indo direto à exposição sobre a educação que recebi. Considero essa exposição realmente digna de nota e extraordinária em certas passagens. Incline-se um pouco para que o barulho reinante não o atrapalhe. (*Lê:*)

"Sei que a qualidade de nossas escolas é frequentemente questionada. Seu admirável princípio não é reconhecido nem apreciado. Ele consiste em, na mais tenra idade, introduzir o jovem no MUNDO, TAL COMO É. Sem rodeios e sem que muita coisa lhe seja dita, esse jovem é atirado num charco imundo: nade ou engula a lama!

"Os professores têm a abnegada missão de encarnar tipos básicos da humanidade, com os quais mais tarde o jovem terá de se haver na vida. Este tem aí a oportunidade de estudar a rudeza, a maldade e a injustiça, de quatro a seis horas por dia. Por uma lição como essa nenhum dinheiro seria demasiado, mas ela é ministrada gratuitamente, às expensas do Estado.

"Na escola o jovem depara o BRUTO em configurações inesquecíveis. Este possui um poder quase ilimitado. Provido de conhecimentos pedagógicos e da experiência de anos, forma o aluno à sua imagem.

"O aluno aprende tudo aquilo que é necessário para progredir na vida. São as mesmas coisas de que necessita para progredir na escola. Trata-se de fraude, simulação de conhecimentos, capacidade de se vingar impunemente, rápida apropriação de banalidades, adulação, servilismo, prontidão para entregar seus iguais aos superiores etc. etc.

"O mais importante, contudo, é o conhecimento do homem. Ele é adquirido na forma de conhecimento sobre o professor. O aluno deve reconhecer as debilidades do professor e saber tirar proveito delas; caso contrário, jamais poderá impedir que se lhe enfie goela abaixo uma verdadeira algaravia de instruções inúteis. Nosso melhor professor era um homem alto, excepcionalmente feio, que na juventude se empenhara por uma carreira universitária e fracassara. Essa decepção fez com que se desenvolvessem por completo todas as forças que ele abrigara de modo latente. Gostava de nos submeter a um exame imprevisto, e soltava pequenos gritos de prazer quando não sabíamos as respostas. Fazia-se quase que ainda mais odiado pelo hábito de, duas ou três vezes durante a aula, pôr-se trás da grande mesa e tirar do bolso do casaco um pedaço de queijo não embrulhado, que ele mastigava enquanto prosseguia com as lições. Ensinava química, mas daria na mesma se nos ensinasse a desmanchar novelos de lã. Como os atores que se valem de uma fábula, utilizava a matéria da aula para *se* exibir. Sua missão era tornar-nos HOMENS. E não se saía mal. Não aprendemos nada de química com ele, mas aprendemos bem a maneira de nos vingarmos. Todos os anos vinha um inspetor de ensino que, segundo nos diziam, queria saber como estávamos aprendendo. Sabíamos, porém, que ele queria ver como os professores ensinavam. Certa vez, quando voltou à nossa escola, aproveitamos a oportunidade para liquidar o professor. Não respondemos a nenhuma das perguntas e permanecemos sentados feito idiotas. Nesse dia o sujeito não demostrou nenhum prazer diante de nosso fracasso. Teve então uma icterícia, ficou doente por longo tempo e, ao retornar, jamais voltou a ser o velho e lascivo comedor de queijo.

"O professor de francês tinha outra fraqueza. Venerava uma deusa maligna, cobradora de terríveis sacrifícios: a justiça. O mais habilidoso em tirar proveito disso era meu colega B. Durante a correção dos trabalhos por escrito, de cuja avaliação dependia a progressão para a próxima série, o professor costumava anotar numa folha em separado o número de erros havidos ao lado do nome de cada um de nós. À direita dessa coluna, apresentavam-se as respectivas notas, de modo que ele tinha uma boa visão geral. Por exemplo, zero de erros resultava em I, a melhor nota. Dez erros resultavam em II e assim por diante. Nos trabalhos, os erros eram sublinhados com tinta vermelha. Valendo-se de um canivete, os inábeis tentavam por vezes apagar alguns dos traços vermelhos e ir à frente da classe para mostrar ao professor que o número total de erros apontados era inexato, maior do que o real. O professor apenas tomava o papel, segurava-o de lado e notava os pontos lisos surgidos a partir do polimento feito com a unha do polegar sobre a superfície raspada. B. procedia de outro modo. Em seu trabalho, já corrigido, sublinhava com tinta vermelha algumas passagens absolutamente corretas e ia à frente, ofendido, perguntar onde estava o erro. O professor tinha de admitir que não havia nada incorreto, vendo-se obrigado a apagar seus traços vermelhos e reduzir o total de erros anotados em sua folha. Com isso, naturalmente, alterava-se também a nota. Há de se reconhecer que, na escola, esse aluno havia aprendido a pensar.

"O Estado garantia a vitalidade da aula de maneira muito simples. Como cada professor tinha de apresentar apenas uma determinada quantidade de conhecimentos, e isso ano após ano, tornava-se completamente indiferente em relação à matéria dada, e assim ela não o desviava de seu objetivo principal: gozar a vida diante dos alunos. Todas as suas frustrações privadas, aflições financeiras e infortúnios familiares ele resolvia em sala de aula, envolvendo seus alunos. Livre de qualquer interesse pela matéria, podia concentrar-se na tarefa de formar o espírito dos jovens e de lhes ensinar todo tipo de fraudes. Assim, preparava-os para adentrar um mundo onde encontrariam justamente pessoas como ele: mutiladas, avariadas, bem curtidas pela vida. Ouvi dizer que as escolas de hoje, ou pelo menos uma parte delas, organizam-se com base em princípios distintos daqueles de meu tempo. As crianças de hoje seriam tratadas com justiça e sensatez. Se assim for, lamento profundamente. Na escola, aprendíamos coisas como a diferença entre as classes sociais, que eram objeto de uma disciplina. Os filhos da gente bem de vida eram mais bem tratados que os filhos da gente que trabalhava. Se essa disciplina fosse retirada da grade curricular das escolas de hoje, apenas a vida ensinaria aos jovens essa diferença, que é sumamente importante. Tudo aquilo que poderiam ter aprendido na escola, no convívio com os professores, iria — na vida lá fora, que é tão diferente — levá-los às ações mais ridículas. Seriam engenhosamente iludidos sobre o modo como o mundo iria se portar diante deles. Iriam esperar *fair play*, estima e interesse, e seriam entregues à sociedade completamente mal informados, desarmados e indefesos.

"Fui preparado de modo totalmente diverso! Entrei na vida provido de sólidos conhecimentos sobre a natureza dos homens.

"Depois que minha educação estava de algum modo concluída, munido de alguns vícios medianos e ainda cultivando algumas monstruosidades não muito difíceis de aprender, eu tinha motivos para imaginar que poderia enfrentar a vida razoavelmente bem. Estava enganado. Um dia, subitamente, virtudes foram cobradas."

E com isso, encerro por hoje, pois já o cansei.

KALLE

Seu indulgente ponto de vista sobre a escola é inusitado e, por assim dizer, dotado de uma perspectiva privilegiada. Seja como for, só agora percebo que também eu aprendi alguma coisa. Lembro-me de que, já no primeiro dia, recebemos uma bela lição. Ao entrarmos na sala de aula — limpos, carregando uma mochila e com nossos pais já despachados — fomos colocados de pé junto à parede, e então o professor ordenou: "Procure cada um o seu lugar", e corremos para as carteiras. Como houvesse um lugar de menos, um dos alunos não achou o seu e, depois que os demais se haviam sentado, ele se deteve no corredor entre as carteiras. O professor flagrou-o ali parado e lhe deu um bofetão. Tivemos a excelente lição de que não se pode ter má sorte.

ZIFFEL

Um gênio esse professor. Como se chamava?

KALLE

Herrnreitter.

ZIFFEL

Admira-me que tenha permanecido sempre um simples professor de grupo escolar. Ele certamente tinha algum inimigo na secretaria de educação.

KALLE

Foi igualmente muito bom certo hábito introduzido por outro professor. Ele dizia que desejava despertar o sentimento de honra. Quando alguém...

ZIFFEL

Desculpe, atenho-me ainda a Herrnreitter. Ele engendrou um sofisticado modelo em miniatura, valendo-se de um recurso tão simples como uma vulgar sala de aula com carteiras de menos. Todavia, com esse exemplo, vocês viram claramente o mundo que os aguardava. Seu esboço limitou-se a umas poucas e audazes pinceladas, mas esse material adquiriu para vocês uma plástica concretude, exposta por um mestre! Aposto que ele o fez de modo absolutamente instintivo, a partir da pura intuição! Um simples professor de grupo escolar.

KALLE

Em todo caso, recebe agora uma tardia homenagem. Outro de seus costumes era muito mais comum. Ele prezava o asseio. Quando alguém usava um lenço de bolso que estivesse sujo, porque a mãe não tivera um limpo para lhe dar, era obrigado a se levantar e acenar com o lenço, dizendo: "tenho uma bandeira de muco".[10]

---

[10] Bandeira de muco: no original *Rotzfahne*, trocadilho com *rote Fahne* (bandeira vermelha), nome, aliás, do principal jornal do Partido Comunista Alemão.

ZIFFEL

O exemplo é igualmente bom, mas não fica acima da média. Você mesmo diz que ele queria despertar o sentimento de honra. Essa mentalidade é convencional. Mais do que isso, Herrnreitter tinha lampejos. Não oferecia a solução. Apenas apresentava o problema, refletindo a realidade. Deixava a conclusão por conta de vocês! Claro que isso produz resultados muito diversos. Sou grato a você por travar conhecimento com tal espírito.

KALLE

Não há de quê.

Pouco depois, separaram-se e afastaram-se, tomando cada qual o rumo de sua casa.

4
O monumento ao grande poeta Kivi/
A gente pobre é educada
de modo mais virtuoso/Pornografia

Num dia em que fazia bom tempo, Ziffel e Kalle caminharam um pouco, enquanto conversavam. Atravessaram a praça da estação e se postaram diante de um grande monumento de pedra que representava um homem sentado.

ZIFFEL

Esse é Kivi,[11] que merece ser lido, segundo dizem.

KALLE

Consta que foi um bom poeta, mas morreu de fome. A literatura não o sustentou.

ZIFFEL

Ouvi dizer que é costume local os melhores escritores morrerem de fome. Mas ele não é seguido à risca, pois alguns morrem pelo álcool.

KALLE

Eu gostaria de saber por que o puseram diante da estação.

---

[11] Aleksis Kivi (1834-1872), poeta finlandês. Embora tenha gozado de grande prestígio no início da carreira, em pouco tempo perdeu a simpatia do público e morreu aos 38 anos, pobre e enlouquecido.

ZIFFEL

Provavelmente como sinal de advertência. Conseguem tudo com ameaças. O escultor foi espirituoso, conferindo-lhe uma expressão de devaneio, como se estivesse a sonhar com a migalha de um pão sem dono.

KALLE

Houve também alguns que manifestaram sua opinião publicamente.

ZIFFEL

Sim, mas sobretudo poeticamente ou, como de costume, de maneira vaga. Isso me faz lembrar uma história que li em alguma parte sobre o homem do quarto ao lado. Certa mulher envolve-se com um sujeito que ela, no fundo, despreza, e outro homem, chamemo-lo X, toma conhecimento do caso, sendo que ela queria atrair a sua atenção. Ela havia arranjado as coisas de modo que X pudesse ouvir tudo aquilo que se passava entre ela e Y (chamemos assim o primeiro homem), quando mais uma vez estivessem juntos na cama de um quarto contíguo ao aposento de X. Ela concebera seu plano com o fito de que tudo fosse ouvido, mas não visto pelo vizinho. Ocorre que Y já se apresenta um tanto frio em relação à mulher, e é preciso que ela o excite. Digamos assim: ela ajusta as ligas da meia diante dele, de modo que ele, Y, veja isso claramente. Ao mesmo tempo ela diz a Y algo que o deprecia e o faz de maneira a ser ouvida por X. E a história continua assim. Ela agarra Y e suspira: "Tire a mão!". Vira o traseiro para ele e diz com voz estertorante: "Não deixarei que me violente". Ajoelha-se e grita: "Porco!". Y vê e X ouve, e assim ela preserva sua dignidade. Caso semelhante é o de um poeta que se apresenta num cabaré. Antes de subir ao palco, vai sempre até o pátio e enlameia os sapatos a fim mostrar à plateia que ele não se digna a limpá-los em atenção a ela.

KALLE

Escreveu algo de novo?

ZIFFEL

Fiz alguns apontamentos. Gostaria de lê-los para você, pois acho que não terei tempo de organizá-los em capítulos. Começo pela primeira folha (*lê*):

"Batalhas com bolas de neve. Pães com manteiga. Pschiererhans.[12] Dor de cabeça de mamãe. Muito tarde para comer. Aula na escola. Livros escolares. Apagador de borracha. Quarto de hora livre. Sacudir castanhas. O cachorro do açougueiro da esquina. Crianças decentes não andam descalças. Um canivete é mais precioso que três piões. Gorgolejar. Palmatória. Patins. Cálamo. Quebrar vidraças. Eu não estava lá. A obrigação de comer chucrute é saudável. Papai quer seu momento de sossego. Ir para a cama. Otto não dá sossego a sua mãe. Não se diz cagar. Olhar nos olhos ao estender a mão para alguém."

Que acha?

KALLE

Continue a ler. Ainda não sei.

ZIFFEL

"O toque de sino das vésperas de Santana. Buscar cerveja. O cocheiro da família da Rua Klaucke enforcou-se. Mariazinha sentou-se *numa* pedra.[13] Jogar facas com os nós dos dedos, com o cotovelo, com o queixo, com o topo da cabeça, com o ombro. A faca pode também fincar-se obliquamente no chão. Ele escreveu com giz na porta do estábulo. A polícia foi informada. Jogar com moedas. A moeda de cinco cen-

---

[12] Provável alusão a Georg Pschierer, amigo de Brecht na infância.

[13] Verso da balada infantil "Mariechen saß auf einem Stein".

tavos é arremessada contra o muro da casa. Onde caiu ao rebater? Ele saiu de lá e a deixou sozinha. Os assassinos estão encarcerados na casa correcional de Katzenstadel. Com giz, onde o obteve? Jogar com picaretas. Enterre as estacas curtas e de pontas afiadas no chão, tire-as daí junto com as outras estacas. Senão, enterro você no chão sem afiá-lo, seu porco! E o negócio com os soldadinhos de chumbo. Índios, germanos, russos, japoneses, cavaleiros, Napoleão, bávaros, romanos. Aluno repetente. Você devia sabê-lo, seu completo idiota. Cachorro. Estrupício. Cagão. Cuzão. Rufião, corrompido. Almofadinha. Palerma. Camelo. Imbecil. Tosco. Bundão. Monte de merda. Comuna. Canalha. Puta. Bastardo. Varicoso. Zé da Breca. Carcova dura. Proibido mendigar. Tome cuidado, na quarta casa mora um policial." TERCEIRA FOLHA:

"Tarde de domingo. A banda de metais do *Biergarten*.[14] Salsichas quentes com pãezinhos. Essas moças têm doença ruim. Caso venha a procurar uma mulher. Rua Hasengasse, 11. O pároco da igreja de São Maximiliano. Joseph, filho dos Kramlich, vai ser sacerdote. Com olheiras azuis sob os olhos. Para uma boa criança não é pecado confessar. Quando a gente não se controla, leva umas palmadas. No bosque de Bétulas. Os bancos. Cabides para calças. O mau aluno cola durante a prova. Reprovado. Tire as mãos do bolso, Geweiher![15] A bicicleta. Primeiro secar os pneus. Atrás das orelhas, ainda não. O momento de grande desdém na biblioteca de empréstimos. A senhorita de óculos. Cinco centavos por livro. Peituda. Na piscina pública, sem toalha, 10 centavos apenas. A seção feminina. Castanhas. No sul distante. Tam-

---

[14] Taberna com pátio externo provido de mesas e bancos para uso nos meses de calor.

[15] No original *Geweiher*, provável alusão a Friedrich Gehweyer, colega de Brecht na escola.

bém na muralha da cidade. Por fim, o barqueiro e a canoa.[16]
O povo de Deus. E passe bem."

KALLE

Como fará para isso adquirir um nexo? Escreve simplesmente o que lhe passa pela cabeça?

ZIFFEL

De modo nenhum. Faço arranjos. Mas a partir do material. Quer ouvir mais uma página?

KALLE

Claro.

ZIFFEL

"É muito bom, mas as consequências. As regras mensais. Mariazinha estava sentada na colina das rosas e colhia uvas-do-monte. Sêmen. Não resiste. Deixa-se apanhar. Os ovos. Com menores de 16 anos é crime. Cinco vezes. Mocinha, segure bem o vestido quando o vento soprar, quando dá pra ver alguma coisa. De pé. Não prestou atenção. Cinco marcos. No culto a Maria do mês de maio. Lascívia. Pecado capital. É uma sensação que percorre todo o corpo. É voluptuosa como a gata no cio. Foda. Ele deu um nome falso. Ah, como foi maravilhoso, na maciota. Quando o sujeito estava na casa correcional. Desvirginada. Foram vistos no parque da cidade. De início, elas resistem. Um sorvete custa cinco centavos. O cinema, vinte e cinco. Gostam disso. Olhe-me nos olhos! Por trás! Ou à francesa." QUINTA FOLHA:

---

[16] Citação do poema "Die Loreley" ("A Lorelai"), de Heinrich Heine (1797-1856). Na última estrofe comparecem os seguintes versos: "No final, creio que o rio/ Engoliu o batel e — ai! —/ O barqueiro que caiu/ No canto de Lorelai" (em *Heine, hein? Poeta dos contrários*, tradução de André Vallias, São Paulo, Perspectiva/Instituto Goethe, 2011, p. 98).

"Zola.[17] Porcarias. Casanova,[18] pelos desenhos de Bayro.[19] Maupassant.[20] Nietzsche.[21] Descrições de batalhas por Bleibtreu.[22] Meu imperador cavalgará sobre meu túmulo.[23] Na biblioteca de empréstimos. E na municipal. Se continuar lendo o dia todo, aos 19 seus nervos terão acabado. Deus existe? Pratique um esporte, como os outros! Ou Deus é bom ou é o todo-poderoso. Aí está o moderno cinismo. Uma profissão intelectual. E o mundo será restaurado.[24] Enquanto viver nesta casa, proíbo-lhe tais ideias. Pelo espírito alemão. É nojento. *In corpore sano*. Gobineau,[25] a Renascença. Os homens renascentistas, mas o mercado das profissões está saturado. Fausto. Na mochila de todo alemão. Ir cantando pa-

---

[17] Émile Zola (1840-1902), escritor naturalista francês. Naná, personagem que dá título a seu romance mais conhecido, é uma prostituta.

[18] Giacomo Casanova (1725-1798), escritor italiano, envolto pela aura da galanteria e da libertinagem.

[19] Franz von Bayros (1866-1924), pintor austríaco, ilustrou um livro com retratos de Casanova.

[20] Guy de Maupassant (1850-1893), escritor francês, autor de *Boule de Suif*, romance em que uma prostituta figura entre as principais personagens.

[21] Friedrich Nietzsche (1844-1900), pensador alemão, crítico da moral cristã e propositor de uma transvaloração de todos os valores (*Umwertung aller Werte*).

[22] Karl Bleibtreu (1859-1928), escritor alemão, autor de *Entscheidunsgsschlachten des europäischen Krieges* (*Batalhas decisivas da guerra europeia*).

[23] Citação de "Die Grenadiere" ("Os granadeiros"), de Heine.

[24] "E o mundo será restaurado": verso de "Deutschlands Beruf" ("Missão da Alemanha"), de Emmanuel Geibel (1815-1884). O verso que lhe segue, "Pelo espírito alemão", citado em seguida, fecha a última estrofe do poema.

[25] Arthur de Gobineau (1816-1882), escritor e diplomata francês, autor de um ensaio sobre a "desigualdade entre as raças".

ra a morte.[26] Os passarinhos na floresta, cantavam tão lindamente. Nunca me faça perguntas![27] Shakespeare[28] é inglês? Nós, os alemães, somos o povo mais culto. Fausto. O professor de escola alemão venceu a guerra de 1870.[29] Envenenamento por gás e *mens sana*. Como cientista no Monte de Vênus.[30] Paz a suas cinzas: resistiu tenazmente.[31] Bismarck[32] era musical. Deus está com os justos; não sabem o que fazem. Os batalhões mais fortes valem-se de si mesmos.[33] O mel artificial é mais nutritivo que o mel de abelhas, que é um alimento muito caro para o povo. A ciência comprova-o. Três comprovações inimigas conquistadas. A melhor vitória é a final. Os sacrifícios são aceitos também depois do espetáculo."

KALLE

Acho formidável a maneira como as coisas se encaminham para a guerra.

---

[26] Na Primeira Guerra Mundial, os jovens soldados alemães eram estimulados a portar exemplares dos clássicos de sua literatura, como o *Fausto*, de Goethe.

[27] Citação da ópera *Lohengrin*, de Wagner. O herói pede à noiva, Elsa von Brabant, que jamais lhe pergunte por sua origem.

[28] William Shakespeare (1564-1616), dramaturgo inglês.

[29] Cf. nota 4.

[30] Em *Tannhäuser*, ópera de Wagner, o Monte de Vênus é cenário do idílio amoroso envolvendo o herói e a deusa.

[31] "Paz a suas cinzas: resistiu tenazmente": autocitação de Brecht, de seu poema "Die Legende vom toten Soldaten" ("A lenda do soldado morto").

[32] Otto von Bismarck (1815-1898), político alemão, peça-chave da unificação do país em 1871. Consta que gostava de música.

[33] Alusão a uma frase de Guilherme II, imperador da Alemanha: "Na guerra, não consigo me livrar da suspeita de que Deus está com os batalhões mais fortes".

ZIFFEL

Acha que devo dispor tudo em capítulos?

KALLE

Para quê?

ZIFFEL

Parece muito moderno. O moderno está ultrapassado.

KALLE

Você não pode se guiar por isso. O homem como tal também está ultrapassado. Pensar está ultrapassado, viver está ultrapassado, comer está ultrapassado. Em minha opinião, não importa aquilo que você escreve, pois o texto impresso também está ultrapassado.

ZIFFEL

Suas palavras me tranquilizam. As notas que constam nas cinco folhas foram pensadas apenas como esboço de um retrato. As memórias tratam de virtudes.

KALLE

Refleti sobre suas memórias. Nós, que vivemos nos bairros pobres, tivemos uma criação muito mais virtuosa do que vocês. Aos sete anos de idade eu tinha de entregar jornais pela manhã, antes de ir à escola: isso é esforço. E o dinheiro, entregávamos a nossos pais: isso é obediência. Quando meu pai voltava embriagado para casa, achava errado ter bebido metade do salário semanal e nos espancava. Assim, aprendemos a suportar a dor, e quando tínhamos apenas batatas para comer, bem poucas, tínhamos de dizer "obrigado", como gesto de gratidão, eu acho.

ZIFFEL

Assim surgiu uma porção de virtudes entre vocês. Ninguém pode ser tão extorquido quanto os pobres. Deles são extorquidas até mesmo as virtudes. Mas estou convencido de que vocês sempre deixam a desejar. Tivemos certa vez uma empregada que era esforçada, asseada e tudo o mais, sobretudo esforçada. Levantava-se às seis da manhã e quase não saía, de modo que não tinha ninguém e era obrigada a se entreter conosco, as crianças. Ela nos ensinava todo tipo de brincadeiras. Por exemplo: procurar pequenos objetos, como uma borracha, que escondia consigo, lá no alto de suas meias, ou entre os seios, ou ali onde as pernas terminam. Adorávamos a brincadeira, mas meu irmão caçula, por burrice, contou a história para a minha mãe, que não viu graça nenhuma naquilo e disse que éramos muito pequenos para a brincadeira e que Marie não era tão virtuosa como ela havia pensado. Como vê, Marie não era perfeita. Meu pai atribuiu isso ao fato de ela ser cria do povo.

KALLE

Devia tê-la deixado sair mais vezes. Mas, evidentemente, a louça não teria sido lavada, e assim você dependia precisamente de sua virtude.

ZIFFEL

Era muito bom depender dessa virtude. Lembro-me de como, mais tarde, eu me alegrei ao notar falhas no exercício da moral. Com 17 anos, tive uma namorada, aluna de um colégio das madres ursulinas. Ela tinha 15 anos, mas era muito madura. Patinávamos abraçados, mas isso já não nos bastava. Um dia, notei que ela me amava; arfou de um jeito diferente quando eu a beijei no caminho de volta da patinação. Segredei a história a um amigo, e estávamos ambos certos de que havia de acontecer alguma coisa. Mas ele disse que isso não era tão simples, que, sem conhecimentos prévios, surgiam as situações mais deploráveis e que certa vez um casal não foi capaz de se separar. Contou-me que essa situação ocorre amiúde entre os cachorros, sendo necessário jogar um balde de água neles para se separarem. O referido casal foi resgatado por uma ambulância, e não é difícil imaginar seu constrangimento. Não ria, levei a questão a sério. Procurei uma prostituta e obtive os conhecimentos necessários.

KALLE

Chamo isso de senso de responsabilidade. Você não o teria, se não o tivesse aprendido desde a infância.

ZIFFEL

Já que estamos falando de pornografia: notou como ela se torna virtuosa quando é tratada artisticamente? Experimente usar o método fotográfico e verá que o resultado é uma droga. Como homem culto, você não penduraria uma coisa dessas na parede. Trata-se do puro ato sexual reproduzido com maior ou menor detalhamento. Pense então em Leda e o cisne,[34] peça de sodomia pintada com toda a delicadeza, prática que em si mesma não constitui um hábito socialmente aceitável. Contudo, depois de receber o selo da arte, você poderá mostrá-la a seus filhos pequenos, se precisar. E o efeito sexual é decuplicado, exatamente por se tratar de arte! Em Diderot,[35] divertiam-me as passagens como aquela em que alguém ouve uma mulher fazendo amor e dizendo o tempo todo sentir cócegas na orelha para enfim exclamar "minh' ...o...re...lha!" e cair em profundo silêncio, deixando a impressão de que o prurido cessou. Imagine o quanto isso divertia também a mulher! A lembrança desses episódios nos

---

[34] Leda e o cisne: na mitologia grega, Zeus se apaixona por Leda, uma mortal, e a possui depois de lhe aparecer na forma da ave.

[35] Denis Diderot (1713-1784), filósofo e escritor francês. Sua obra *Jacques le fataliste et son maître* (*Jacques, o fatalista, e seu amo*) é uma das referências literárias destas conversas entre Ziffel e Kalle.

comove. Isso é arte, e excita mais que uma vulgar especulação sobre a sensualidade.

KALLE

Sempre achei que lemos muito pouco os clássicos.

ZIFFEL

Eles não deveriam, em nenhuma hipótese, faltar na biblioteca de uma prisão. Eis meu lema: bons livros nas bibliotecas das prisões! Essa seria a missão precípua dos reformadores do sistema prisional. Se lograssem isso, as prisões logo perderiam toda a atração que exercem sobre as autoridades. Estas veriam naufragar sua justiça de "meio ano de castidade pelo furto de um saco de batatas".

KALLE

Você também não é a favor da castidade?

ZIFFEL

Sou contra a introdução de regras num chiqueiro.

KALLE

Antes de me juntar aos livres-pensadores, fui adepto do naturismo. Os naturistas são as pessoas mais castas que existem. Para eles nada é indecoroso, e jamais se excitam. Orgulham-se por terem superado o pudor e por serem capazes de pagar a contribuição dos sócios. Atrasei o pagamento, e então me perguntaram se não me sentia à vontade entre eles. Deixei a associação e me entreguei novamente aos braços da lascívia, embora por certo tempo eu não tivesse prazer nenhum. Havia visto demais. Pelo tipo de vida levado na fábrica e nas casas abafadas e também pela alimentação, as pessoas comuns não se parecem a uma Vênus ou um Adônis.

ZIFFEL

Você está absolutamente certo. Sou a favor de um país onde ser lascivo seja algo razoável.

Retornaram então, atravessando mais uma vez a grande praça da estação. Separaram-se e afastaram-se, tomando cada qual o rumo de sua casa.

5

Memórias de Ziffel II /
Dificuldades dos grandes homens /
Se o "Como-É-Mesmo-Que-Se-Chama?"[36] possui um patrimônio

Quando Kalle e Ziffel novamente se encontraram, este tinha pronto um novo capítulo de suas memórias.

ZIFFEL

(*Lê:*) "Sou físico de profissão. Uma parte da física, a mecânica, desempenha um destacado papel na configuração da vida moderna, embora eu, de minha parte, tenha pouquíssima relação com as máquinas. Mesmo os meus colegas que dão palpites para os engenheiros construtores dos Stukas,[37] e também esses engenheiros, todos trabalham tão em paz e tão distantes deste mundo quanto, digamos, um alto funcionário das ferrovias.

"Passei cerca de dez anos de minha vida num instituto localizado numa tranquila rua ajardinada. Fazia minhas refeições num restaurante próximo, minha casa era cuidada por uma mulher bastante zelosa, e eu mantinha relações com pessoas da minha área de estudos.

"Eu vivia a pacífica vida de uma cabeça brilhante. Como já disse, frequentei uma boa escola, e além disso gozei de certos privilégios que talvez não fossem muito grandes, mas faziam enorme diferença. Eu era filho de uma 'boa família', e meus pais, à custa de muito dinheiro, deram-me uma for-

---

[36] Referência a Hitler.

[37] Avião de combate da Força Aérea Alemã durante a Segunda Guerra Mundial.

mação que me garantiu uma vida totalmente distinta daquela levada por milhões de pobres-diabos à minha volta. Eu era indiscutivelmente um cavalheiro e como tal podia provar várias refeições quentes todos os dias, fumar nos intervalos entre elas, ir ao teatro à noite e tomar tantos banhos quantos quisesse. Meus sapatos eram macios e minhas calças não eram um saco de farinha. Sabia apreciar um quadro, e uma peça musical não me causava embaraços. Quando me dignava a falar do tempo com minha zelosa governanta, diziam que eu agia com humanidade.

"Essa época foi relativamente tranquila. O governo da República não era bom nem mau, ou seja, no cômputo geral era bom, pois se ocupava apenas de seus próprios assuntos, tais como a distribuição de cargos e coisas do tipo, e deixava em paz as pessoas com as quais se relacionava de modo apenas indireto e que constituíam o povo. Fosse como fosse, eu me saía relativamente bem com minhas naturais aptidões de sempre, embora, para ser exato, nem tudo corresse às mil maravilhas no trabalho e na vida. Ocasionalmente, eram necessárias algumas pequenas brutalidades no trato com uma mulher ou com alguns colegas, ou ainda um comportamento medianamente inescrupuloso, mas, no fundo, não ocorria nada que eu não pudesse resolver com facilidade, como qualquer de meus semelhantes.

"Infelizmente, porém, os dias da República estavam contados.

"Não tenho a intenção nem a capacidade de esboçar um quadro do desemprego súbito e assustadoramente fora de controle, do empobrecimento generalizado, ou então de apontar claramente as forças aí atuantes. O que mais inquietava nessa situação ameaçadora era o fato de que em nenhum lugar se lograva descobrir as causas daquela rápida deterioração.

"Parecia que todo o mundo civilizado fora abalado por sinistras convulsões. Por quê, ninguém sabia. Dos pesquisadores nos institutos que investigavam a conjuntura, que tinham anotações precisas na área dos fenômenos econômicos, víamos-lhes as cabeças apenas quando as balançavam em sinal de desalento. Os políticos "agitavam-se" feito as colunas de uma casa atingida por um terremoto. As publicações científicas dos economistas escasseavam e em seu lugar surgiam inúmeras revistas de astrologia.

"Fiz então uma curiosa observação.

"Constatei que a vida nos centros civilizados se tornara tão complicada que mesmo as melhores cabeças não eram capazes de compreendê-la e, portanto, não podiam mais fazer previsões. Toda a nossa existência depende da economia, e esta é uma coisa tão complicada que, para compreendê-la, precisamos de uma quantidade de inteligência que não existe! Os homens haviam criado uma economia que, para ser compreendida, carecia de super-homens!

"Dificuldades singulares impediam que se investigasse a situação. Lembro-me aqui de numa experiência da física moderna: o princípio da incerteza de Heisenberg. Trata-se do seguinte: as pesquisas no mundo dos átomos enfrentam obstáculos, pois são necessárias lentes de aumento potentíssimas para podermos ver aquilo que se processa nas minúsculas partículas da matéria. A luz dos microscópios tem de ser tão forte que acaba por produzir aquecimentos e devastações no mundo dos átomos, verdadeiras revoluções. Enquanto estamos observando, ateamos fogo justamente àquilo que desejamos observar. No mundo microscópico, não observamos a vida normal, mas uma vida perturbada por nossa própria observação. No mundo social, parece que ocorrem fenômenos semelhantes. A investigação dos processos sociais não os deixa intocados, tendo uma influência bastante forte sobre eles. Atua simplesmente revolucionando. Esse é provavelmente o motivo pelo qual os círculos bem-pensantes estimulam tão pouco as pesquisas que se aprofundam no campo social.

"Uma vez que não apareciam esses super-homens — capazes de compreender a economia tal como era — e alguns já propunham simplificar radicalmente a própria economia, tornando-a compreensível e controlável, alguns homens fizeram-se ouvir, anunciando a decisão de ignorar a economia por completo.

"De repente, o 'Como-É-Mesmo-Que-Se-Chama?' estava na boca de todo mundo.

"Numa cidade de província,[38] conhecida por sua arte e pela excelente cerveja, havia anos esse homem insigne vinha juntando em torno de si uma porção de pequenos-burgueses, assegurando-lhes com uma retórica incomum em nosso país que uma grande época estava por vir.

"Depois de se apresentar por alguns anos no circo,[39] adquiriu a confiança do presidente do Reich — um general que havia perdido a Primeira Guerra Mundial — e chegou à condição de preparar a Segunda.

"E eu, que já tinha vivido uma grande época[40] em minha juventude, candidatei-me rapidamente a um emprego em Praga e deixei o país correndo."

Kalle quis interromper a leitura algumas vezes, mas se conteve pelo respeito que tinha pelas coisas escritas.

---

[38] Referência a Munique.

[39] No início dos anos 1920, Adolf Hitler organizou seus primeiros comícios no Circo Krone, em Munique. Em 1932, aprimorou seus dotes de orador tomando aulas de retórica e de interpretação dramática com Paul Devrient (1890-1973), cantor lírico com grande experiência na cena operística.

[40] Ziffel refere-se à propaganda do Império Alemão às vésperas da Primeira Guerra Mundial e seu esforço para convencer a população de que a guerra e a "inevitável" vitória inaugurariam uma era de prosperidade.

KALLE

Quando ouviu falar do fascismo pela primeira vez?

ZIFFEL

Faz alguns anos, quando soube de um movimento que se voltara contra o eterno atraso dos trens italianos e que desejava restabelecer a grandeza do antigo Império Romano. Ouvi dizer que seus membros vestiam camisas negras.[41] Achei um equívoco dizerem que a cor servia para disfarçar a sujeira. Camisas marrons[42] seriam muito mais práticas para isso, mas, naturalmente, surgiram num movimento posterior, que pôde aproveitar as lições do primeiro. Para mim, o mais notável nisso tudo foi fulaninho prometer ao povo italiano uma vida arriscada, uma *vita pericolosa*. De acordo com os jornais italianos, essa perspectiva desencadeou um estrondoso júbilo no seio do povo.

KALLE

Bem vejo: com uma grande época, são capazes de pôr você a correr. Você não quer se deixar convencer a encarnar o herói.

ZIFFEL

Apropriei-me ocasionalmente de algumas virtudes menores para uso privado, nada excepcional nem precioso, apenas virtudes para consumo pessoal. Dei-me ao luxo, por exemplo, de contradizer o grande Stilte[43] numa questão de teoria atômica, correndo o risco de ele me destruir cientificamente. Para você ter uma ideia: foi algo comparável a uma

---

[41] Referência ao uniforme usado pelas milícias paramilitares fascistas italianas.

[42] Referência ao uniforme das SA, as milícias paramilitares nazistas.

[43] Nome de origem não identificada.

primeira escalada do Matterhorn.[44] Penso que você me toma por uma pessoa acomodada. Ainda não me viu em ação no laboratório.

KALLE

A partir de sua fala eu poderia tomá-lo por um pequeno-burguês preocupado unicamente com seu conforto e desejoso de manter a tranquilidade.

ZIFFEL

Sei o tipo de pessoas que você tem em mente. Consideram um desconforto serem impedidas de apodrecer. Eu, porém, considero um desconforto quando sou impedido de evoluir ou, melhor dizendo, quando sou impedido de desenvolver algo mais que minha pessoa, como, por exemplo, a teoria atômica. Conquistar o domínio sobre o ar é algo diferente de conquistar o domínio no ar.

KALLE

Você é uma pedra no sapato dos grandes homens.

ZIFFEL

Não tenho motivo para lhes facilitar a vida.

KALLE

Evidentemente, é mais fácil perturbá-los quando se tem dinheiro no bolso, ao menos por algum tempo. Para os despossuídos é mais difícil.

ZIFFEL

Apostam todas as fichas nos despossuídos, ou seja, no povo. Esses movimentos *fascistas* apresentam-se por toda

---

[44] Uma das montanhas mais altas dos Alpes.

parte como movimentos populares. Contra os ricos, empregam muitas vezes um tom bastante duro, especialmente quando estes não contribuem de bom grado para o caixa do partido, contrariando assim seus próprios interesses, embora eu esteja convencido de que é exatamente a pequena contribuição que funciona. E quanto mais duramente falam contra os ricos, mais generoso é o afluxo da pequena contribuição e mais ricos se tornam. Mas têm de fazer alguma coisa. Hoje em dia, os grandes homens são geralmente muito cobrados. Não é de admirar que não possam satisfazer as formidáveis exigências que defrontam. Por exemplo, exige-se deles que sejam totalmente altruístas. Eu gostaria de saber como haveriam de sê-lo e por que justamente eles. Têm de assegurar o tempo todo que, com isso, não ganham nada além de receios, temores e noites insones; e o "Como-É-Mesmo-Que-Se-Chama?" tem de verter uma cachoeira de lágrimas publicamente para provar sua seriedade. O "Como-É-Mesmo-Que-Se-Chama?" tem de provocar o conflito por idealismo e não por ganância, pois só então o povo o segue para a guerra.

KALLE

Há alguns anos, fez um discurso em que dizia não possuir propriedades rurais nem conta bancária. Foi ouvido com reservas. Alguns se sentiram incomodados porque já haviam adquirido uma ou duas propriedades no campo, e os demais não aceitavam os campos de concentração que ele havia construído para eles. Quebrou-se a cabeça para saber como se sustentava. Descobriu-se que vivia com pouco. Por quê? Entrava na ópera com ingressos de cortesia. Teve então de pôr fim ao falatório e decidiu assumir uma profissão. Escolheu a de escritor. Como Chanceler do Reich, ordenou que nada lhe pagassem pelo exercício do cargo. Para ele, a tarefa era um prazer. Mas, sendo escritor, logo mandou que seu livro *Minha luta* fosse posto à venda, e assim sua luta se transformou num completo sucesso. Com os honorários, comprou as forças armadas e o Palácio da Chancelaria, e passou a viver de maneira muito decente.

ZIFFEL

É interessante notar o esforço empreendido por eles para provar que a matança de milhões de pessoas é realizada gratuitamente e que promovem a opressão e a deformação espiritual de povos inteiros sem gastar um níquel.

KALLE

Precisam mostrar que não perdem tempo com ninharias. Vivem envoltos pelas grandes ideias e, quando planejam uma guerra, ignoram tudo que seja vulgar.

Depois, separaram-se e afastaram-se, tomando cada qual o rumo de sua casa.

6
O triste destino das grandes ideias /
A população civil é um problema

Ziffel contemplava sombrio os empoeirados jardins do Ministério das Relações Exteriores onde ele e Kalle tinham de renovar seu visto de permanência. Numa vitrine, viu um jornal sueco com notícias do avanço alemão sobre a França.

ZIFFEL

Todas as grandes ideias fracassam por causa das pessoas.

KALLE

Meu cunhado iria concordar com você. Perdeu o braço numa correia de transmissão e pensou em abrir uma venda de charutos que oferecesse também artigos de costura — agulhas, retroses, linha para pontear —, pois naquela época as mulheres já fumavam, mas evitavam entrar numa tabacaria. O plano fracassou por ele não ter obtido a licença. Aliás, isso não fez muita diferença, pois jamais teria juntado os recursos necessários.

ZIFFEL

Eu não chamaria isso de grande ideia. Grande ideia é a guerra total. Já leu as notícias sobre como a população civil francesa atravancou o caminho da guerra total? Ao que consta, jogou na lata de lixo todos os planos dos altos-comandos. Com uma multidão de refugiados, impediu as operações militares, entupindo as estradas por onde passariam as tropas. Os tanques imobilizaram-se diante das pessoas, isso depois que se haviam inventado modelos capazes de atravessar um charco com meio metro de água e de derrubar uma floresta inteira. A gente faminta devorou as provisões de alimentos das tropas, de modo que essa população se revelou uma verdadeira praga de gafanhotos. No jornal, um especialista em assuntos militares escreve preocupado que a população civil se tornou um sério problema para o exército.

KALLE

Para o alemão?

ZIFFEL

Não, para o próprio; a população francesa para o exército francês.

KALLE

Isso é sabotagem.

ZIFFEL

Eficaz, em todo caso. De que servem os cálculos mais exatos do estado-maior, se o povo força a entrada e torna o teatro de guerra inseguro? Nenhum comando, nenhuma advertência, nenhuma conversa amigável, nenhum apelo à razão parece surtir efeito. Mal surgem nos céus da cidade os aviões inimigos carregados de bombas incendiárias e tudo aquilo que tem pernas sai correndo, sem pensar por um instante que, com isso, as operações militares ficam sensivelmente prejudicadas. Seus habitantes empreendem a fuga sem nenhum escrúpulo.

KALLE

De quem é a culpa?

ZIFFEL

Devia-se ter pensado a tempo na evacuação do continente. Apenas o completo deslocamento dos povos possibilitaria uma condução racional da guerra, com o pleno emprego das novas armas. E teria de ser uma evacuação duradoura, pois as novas guerras eclodem num piscar de olhos, e se tudo não estiver preparado, ou seja, retirado, perde-se tudo. E a evacuação deve ser realizada no mundo inteiro, pois as guerras se alastram furiosamente e nunca se sabe onde ocorrerá o próximo ataque.

KALLE

Evacuação duradoura em todo o mundo? Isso requer organização.

ZIFFEL

Há uma sugestão do General Amadeus Stülpnagel[45] que, pelo menos, serviria como solução provisória. O general propõe que a população civil seja deslocada para trás das linhas inimigas, com o auxílio de aviões de transporte e paraquedas. Isso geraria um efeito duplamente positivo. Em primeiro lugar, o próprio espaço operacional ficaria livre, de maneira que a marcha poderia seguir sem percalços, e as provisões de víveres chegariam incólumes às tropas. Em segundo, a confusão seria levada à retaguarda adversária. Os caminhos que o inimigo usaria para avançar e suas linhas de comunicação seriam bloqueados.

KALLE

É o ovo de Colombo! Já disse o *Führer*: os ovos de Colombo estão espalhados pelas ruas, basta alguém se apresentar e virá-los de ponta-cabeça, e com isso aludia a si mesmo.

---

[45] Referência a Carl-Heinrich von Stülpnagel (1886-1944), general do Exército alemão que ocupou altos postos de comando durante a Segunda Guerra Mundial.

ZIFFEL

Pela ousadia e pela maneira não convencional a ideia é genuinamente alemã. Mas não é a solução final do problema, pois é claro que o inimigo iria dar o troco e lançar seu povo sobre o país adversário. A guerra faz lembrar o provérbio: "olho por olho, dente por dente". Uma coisa é certa: se a guerra total não se resume a uma utopia, é preciso encontrar uma solução. E ela é simples: ou a população é mandada embora, ou a guerra se torna inviável. Num determinado momento, que se aproxima, a decisão terá de ser tomada.

Ziffel esvaziou o copo lentamente, como se fosse o último. Separaram-se então e afastaram-se, tomando cada qual o rumo de sua casa.

7
Memórias de Ziffel III/
Sobre a formação

Enquanto tirava do bolso do paletó algumas folhas de seu manuscrito, Ziffel foi subitamente inquirido por Kalle.

KALLE

Houve algum incidente em particular que o tenha levado a sair do país? Suas memórias nada dizem sobre isso. Revelam apenas falta de vontade para ficar.

ZIFFEL

Não incluí o assunto por não ser de interesse geral. No instituto, tínhamos um assistente que não era capaz de distinguir um próton de um núcleo celular. Estava convencido de que o judaizado sistema impedia sua ascensão na carreira, e assim ingressou no partido. Tive de corrigir um trabalho seu, e ele concluiu que eu não tinha lugar na exaltação nacional e que o perseguia com ódio porque ele era partidário do "Como-É-Mesmo-Que-Se-Chama?". Isso foi o bastante para complicar minha permanência no país depois que o "Como-É-Mesmo-Que-Se-Chama?" tomou o poder. Por natureza, sou incapaz de me entregar confiadamente a sentimentos grandiosos e arrebatadores, e não estou à altura de me sujeitar a uma liderança vigorosa. Em tempos grandiosos, pessoas como eu perturbam o quadro de harmonia. Ouvi dizer que haviam criado acampamentos para proteger pessoas como eu da ira do povo, mas não me atraíram. Vou prosseguir na leitura.

KALLE

Quer dizer que não se acha suficientemente cultivado para o país?

ZIFFEL

Eu estava longe de ser suficientemente cultivado para poder continuar a existir condignamente naquela grande merda. Você pode chamar isso de fraqueza, mas não sou humano o suficiente para continuar sendo um homem em face de tamanha desumanidade.

KALLE

Conheci um sujeito que era químico e trabalhava na produção de gás venenoso. Na vida privada era um pacifista e havia realizado conferências contra a insensatez da guerra para a juventude pacifista. Fora sempre contundente em seus pronunciamentos. Era preciso adverti-lo continuamente para que moderasse suas expressões.

ZIFFEL

Por que deixavam que falasse?

KALLE

Por que tinha razão quando dizia que não tinha nada a ver com aquilo que fabricava, assim como um empregado de uma fábrica de bicicletas nada tem a ver com bicicletas. Sabíamos que bastava trabalhar para estarmos envolvidos no esforço de guerra. Pois se as bicicletas — em si mesmas objetos inocentes — não podem cruzar as fronteiras, uma vez que os mercados estão ocupados, os tanques as atravessarão um dia, isso é óbvio. Já ouvi pessoas dizendo que o comércio e a economia são humanos e que apenas a guerra é desumana. Mas, em primeiro lugar, o comércio e a economia não são humanos e, em segundo, no nosso caso, conduzem à guerra. E eles querem uma guerra humana. Façam a guerra, mas não contra a população civil! Com canhões, mas não com gás! Ouvi dizer que o Congresso Americano promulgou uma lei que limita em 10% o lucro com armamentos. Poderia igualmente ter limitado em 10% as perdas humanas na guerra! A barbárie procede da barbárie, na medida em que a guerra procede da economia. Perdoe-me por me enveredar pela política.

ZIFFEL

A cultura não tem nada a ver com a economia.

KALLE

Infelizmente.

ZIFFEL

Como assim, infelizmente? Fale comigo de modo compreensível; sou cientista e tenho dificuldades para compreender essas coisas.

KALLE

Frequentei a Universidade Popular.[46] Hesitei sobre a disciplina que deveria estudar: Walther von der Vogelweide,[47] química ou o mundo vegetal na Idade da Pedra. De um ponto de vista prático, era tudo a mesma coisa, pois eu não teria como aplicar esse conhecimento. Quando estudou física, você tinha um olho posto nas possibilidades de ganho e adquiriu apenas aquilo que poderia revender em seguida. Para nós,

---

[46] *Volkshochschule*, instituição destinada à formação de adultos e situada à margem do sistema regular de ensino superior alemão, presente em diversas cidades.

[47] Walther von der Vogelweide (1170-1230), o principal poeta alemão da Idade Média.

tratava-se apenas de formação e da direção que tomaríamos em relação a ela.

ZIFFEL

E que direção você tomou?

KALLE

Optei por Walther von der Vogelweide, e de início a coisa andou bem, mas então fiquei desempregado, à noite estava sempre muito cansado e desisti. As aulas eram gratuitas, não custavam nem acrescentavam nada, mas um livrinho da Reclam valia o mesmo que uma dúzia de charutos. Talvez eu não tivesse o temperamento necessário para superar todas as dificuldades. Com o tempo, o jovem filho de minha senhoria memorizou todo o mundo vegetal; tinha uma vontade de ferro, não saía uma única noite a passeio nem ia ao cinema. Nada fazia senão estudar, e com isso se prejudicou, passando a usar óculos, condição que impedia seu trabalho de torneiro, o que de resto não fez a menor diferença, pois em seguida veio o desemprego.

ZIFFEL

Como diz, depende apenas de você formar-se ou não. Estou certo de que o filho de sua senhoria poderia ter ido mais longe. Certamente não aproveitou integralmente o tempo de que dispunha. Se tivesse refletido um pouco mais, teria provavelmente notado que muitas vezes ia ao banheiro sem levar um livro consigo, e que se distraía enquanto lia. Talvez perdesse apenas três segundos, mas em vinte ou trinta anos de distrações durante a leitura, teria desperdiçado uma semana inteira! O mundo vegetal é grande, constitui um campo colossal. Seu completo domínio exige uma paixão sobre-humana pelo objeto, especialmente por parte de um mecânico, que tem outros afazeres. E está errado você perguntar se o conhecimento rende alguma coisa, pois aquele que não aspira ao conhecimento apenas pelo conhecimento deve se afastar, pois não é um espírito científico.

KALLE

Não me fiz a pergunta quando iniciei o curso.

ZIFFEL

Nesse caso você estava apto, e a ciência não teria objeções a fazer. Você poderia ouvir lições sobre Walther von der Vogelweide até a velhice e, do ponto de vista ético, estaria num patamar mais elevado que o cavalheiro que dava as aulas, pois ele era remunerado por seu conhecimento. Pena que você não tenha persistido.

KALLE

Não sei se teria sido razoável por muito tempo. Para que aprimorar meu senso estético contemplando os quadros de Rubens, se as moças com quem me relaciono têm no rosto essa cor que adquirem na fábrica? O jovem filho de minha senhoria estuda o mundo vegetal, mas ela não tem dinheiro para uma salada verde!

ZIFFEL

Poderíamos dizer assim: quando, num país, o desejo por aprender adquire um aspecto tão heroico e abnegado que chega a despertar a atenção geral e é encarado como grande virtude, percebemos que esse país se apresenta sob uma luz muito desfavorável.

Logo depois, Ziffel e Kalle separaram-se e afastaram-se, tomando cada qual o rumo de sua casa.

8
Sobre o conceito de bondade/
As perversidades alemãs/ Confúcio,
sobre os proletários/ Sobre a seriedade[48]

KALLE

A palavra "bom" deixa um travo amargo na boca.

ZIFFEL

Os americanos têm uma palavra para designar o homem bom: *sucker*.[49] Pronuncia-se "sáquer", de preferência cuspindo a palavra pelo canto da boca. Trata-se do ingênuo, daquele que cai em todas as ciladas, do tipo que o trapaceiro procura quando está com fome.

KALLE

O melhor é imaginar um "bondoso ajudante de padeiro" de braços dados com um "afável metalúrgico". Aí caem as escamas de nossos olhos.[50] Bons são apenas aqueles que em larga escala não são contados entre as pessoas de bem. Os operários das tecelagens nos vestem, os camponeses nos alimentam, os pedreiros e os metalúrgicos nos dão abrigo, os cervejeiros nos dão de beber, os tipógrafos garantem nos-

---

[48] De acordo com o editor alemão, a conversa que segue foi redigida nos Estados Unidos e não se apresenta numerada nos manuscritos.

[49] *Sucker* (do inglês): "chupador". Na gíria norte-americana significa também "ingênuo", "trouxa".

[50] Referência à restituição da visão do apóstolo Paulo: "Imediatamente lhe caíram dos olhos como que umas escamas, e tornou a ver" (Atos dos Apóstolos 9, 18).

so ensino — todos eles trabalham em troca de uma ninharia. Tamanha abnegação não é vista sequer no sermão da
montanha.[51]

ZIFFEL

Quem disse que são bons? Se fossem bons, teriam de
aceitar a ninharia que recebem e se alegrar com nossa vida
boa. Mas *não* se comportam assim.

KALLE

Não se faça de desentendido. Faço-lhe apenas uma pergunta; diga com toda a sinceridade: você os aconselharia a
se contentar com a ninharia que recebem?

ZIFFEL

Não.

KALLE

Quer dizer que você não aceita que eles sejam bons? Ou
que eles o sejam apenas fora do trabalho, nas horas livres,
bons talvez para ajudar um gato que não consegue descer da
árvore e bons desde que a bondade não lhes custe nada?

ZIFFEL

Eu não aconselharia ninguém a agir com humanidade
sem antes ter tomado todas as precauções. O risco é muito
grande. Depois da Primeira Guerra, apareceu na Alemanha
um livro com o sensacional título O *homem é bom*![52] Sen-
ti-me imediatamente desconfortável, mas depois aliviado,

---

[51] Sermão de Jesus sobre as bem-aventuranças, iniciado com as seguintes palavras: "Bem-aventurados os humildes de espírito porque deles
é o reino de Deus" (Mateus 5, 3).

[52] *Der Mensch ist gut*: título de uma coleção de novelas de Leonhard
Frank (1882-1961), publicada em 1918.

quando um crítico escreveu: "o homem é bom e a vitela, saborosa". De resto, achei um poema de um escrevinhador[53] de peças de teatro que foi meu colega na escola. O poema não apresenta a bondade como feito heroico. Diz assim:

> Na parede de meu quarto há uma escultura
> [japonesa de madeira,
> dourada máscara de um perverso demônio.
> Vejo compassivo
> as inchadas veias de sua fronte, sinalizando
> o quão fatigante é ser perverso.[54]

Isso me leva a uma pergunta: o que pensa sobre as perversidades alemãs? A propósito: faço objeções à palavra "alemão". "Ser alemão significa ser minucioso", seja no cultivo da terra, seja na aniquilação dos judeus. "Todo alemão está vocacionado a ocupar uma cadeira de filosofia." Se a palavra fosse empregada apenas para estabelecer uma diferença de nacionalidades, vá lá, mas é pronunciada com comoção e truculência. Hoje em dia, ao chegar a Paris, Stalingrado ou Lídice, penso que um alemão seria obrigado a abdicar do próprio nome. Como iniciar uma nova vida se todos já sabem quem ele é? Para nos diferenciarmos dos outros, poderíamos tratar a nós mesmos como o País Noveno, habitado pelos novenos, portadores de uma alma novenina, ou algo assim. E vez ou outra deveríamos trocar a numeração para que o novo nome jamais readquirisse o mesmo tom de comoção. Repugna-me ver um idiota se exibindo por aí cheio de empáfia, como se houvesse composto a *Paixão segundo São Mateus* ou a *Viúva alegre*. Desculpe, mudei o tema de nossa

---

[53] Escrevinhador: no original, *Schreiber* (escrivão, escrevinhador), utilizado em lugar de *Schriftsteller* (escritor). Brecht costumava se identificar desse modo, como *Schreiber*.

[54] Autocitação (ligeiramente modificada) do poema "Die Maske des Bösen" ("A máscara do perverso"), escrito por Brecht em 1942.

conversa. Queria apenas perguntar: você acredita nas abominações alemãs?

KALLE

Sim.

ZIFFEL

E não acha que sejam apenas propaganda?

KALLE

Dos aliados?

ZIFFEL

Ou dos nazistas.

KALLE

Acredito sinceramente que no exército alemão impera uma grande crueldade. Se você quer subjugar e roubar, tem de espancar até que lhe doa o braço. Com palavras de convencimento e palmadinhas, ninguém lhe entregará os bens e a propriedade, ainda que você fale com a língua dos anjos.

ZIFFEL

"No exército alemão impera uma grande crueldade." A frase é dúbia, você sabe disso.

KALLE

Certas pessoas têm uma opinião equivocada sobre o significado de "dominar". A maior parte das pessoas passa a vida sem saber que é dominada; isso é fato. Pensam que fazem exatamente o que teriam feito, se não houvesse uma autoridade ou algo semelhante dando as ordens. Quando desconfiam disso, ocorre de se rebelarem violentamente. Pensamos que se Hitler domina a Alemanha, ele impera sobre ela, mas muitas pessoas não pensam assim. É justamente pelo fato de ele imperar que elas nem sempre, ou nunca, podem sustentar a própria opinião. Mas as coisas não são bem assim. Essas pessoas obviamente existem, mas o decisivo não é que ele as domine e sim que suas opiniões dominem. Ele dispõe de recursos para dobrar a inteligência das pessoas. Presta-lhes, por exemplo, informações sobre os acontecimentos. Mesmo que duvidem de sua veracidade, continuam sem ter a informação verdadeira, ou seja, continuam sem informação. Além disso, se quiser arregimentá-las para uma torpe guerra de rapina, ele pode, sem mais, apelar àquilo que elas têm de mais "nobre e belo". Escrevi um poema que circulou em Estocolmo. Não é mau.

O atarracado remexeu sua pasta repleta de documentos amassados e recortes de papel com as pontas dobradas. Puxou uma folha escrita a lápis.

KALLE

(Lê em voz alta "Revista aos vícios e virtudes", da *Antologia steffiniana*[55])

"Diversas personalidades compareceram ao recém-realizado sarau da opressão. Foram recebidas ao som de trombetas e ratificaram sua união com os donos do poder.

"SEDE DE VINGANÇA, enfeitada e maquiada como a consciência, deu provas de sua infalível memória. A pequena e aleijada figura colheu um aplauso estrondoso.

"BRUTALIDADE, olhando ao seu redor desamparada, não teve sorte ao entrar. Escorregou no pódio, mas corrigiu-se batendo com os pés no chão até abrir-lhe um buraco.

"Em seguida, entrou ÓDIO À CULTURA, que, espumando de raiva, conjurou os ignorantes a se despojar do fardo do conhecimento. 'Abaixo os sabichões!' rezava sua palavra de

---

[55] Obra de Brecht que homenageia Margarete Steffin (1908-1941), uma de suas principais colaboradoras.

ordem, e os que nada sabiam retiraram-no, carregando-o sobre os ombros exaustos pelo trabalho.

"SERVILISMO também apareceu, fantasiado de grande artista da fome. Antes de se retirar, curvou-se diante de alguns gordos trapaceiros que ele já regalara com altos postos.

"Como estimada comediante, MALICIOSA SATISFAÇÃO PELO MAL ALHEIO fez-se ouvir no salão. Sofreu, porém, um pequeno acidente, pois, de tanto rir, rebentou-lhe uma hérnia inguinal.

"Na segunda parte da noitada publicitária, a primeira a entrar foi AMBIÇÃO, a extraordinária esportista. Saltou tão alto que feriu a pequena cabeça numa viga do teto. Mas não deu um pio sequer, nem nessa hora, nem depois, quando lhe alfinetaram uma condecoração na própria carne.

"Um pouco pálida, talvez pelo típico nervosismo dos atores quando entram em cena, chegou a vez de RETIDÃO. Discorreu sobre ninharias e prometeu oferecer futuramente uma pormenorizada conferência.

"SEDE DE SABER, mulher jovem e robusta, contou como o regime lhe abrira os olhos para a culpa dos narizes aduncos[56] pelos males reinantes.

"Depois, surgiu ESPÍRITO DE SACRIFÍCIO, um rapaz alto e magro, com cara de sério, portando à mão calejada um grande prato cheio de moedas falsas. Recolhia os centavos dos trabalhadores e dizia baixinho, com voz cansada: 'pensem nos seus filhos!'.

"Também ORDEM subiu ao pódio, com a calva cabeça oculta sob a touca. Distribuiu diplomas de medicina para os mentirosos e de cirurgia para os assassinos. Não se via um grão de areia em sua roupa cor de cinza, embora tenha saído durante a noite para furtar o conteúdo das latas de lixo nos quintais. Formando filas intermináveis, as vítimas de seu fur-

---

[56] Referência aos judeus.

to passavam por sua mesa, e a todos ela fornecia um recibo preenchido por sua mão varicosa.

"Sua irmã, PARCIMÔNIA, exibiu um cesto com migalhas de pão que arrancara da boca dos enfermos no hospital.

"ESFORÇO, respirando com dificuldade, como um condenado à morte por excesso de trabalho, e exibindo marcas de açoite no pescoço, fez uma apresentação gratuita. Torneou uma granada em menos tempo do que levamos para assoar o nariz. E, como brinde, produziu gás suficiente para matar 2 mil famílias, antes mesmo que se pudesse dizer 'ah!'.

"Todas essas celebridades, esses filhos e netos do FRIO e da FOME, apresentaram-se no meio do povo e, sem nenhum escrúpulo, proclamaram-se lacaios da OPRESSÃO."

ZIFFEL

Em sua opinião, com os doze apóstolos, Hitler poderia ter criado uma formidável unidade da SS.

KALLE

O lucro só é possível quando você não rejeita o emprego de nenhum meio.

ZIFFEL

O capitalismo é o culpado de tudo — isso é uma platitude.

KALLE

Infelizmente não é.

ZIFFEL

Concordamos em que ele não seja suficientemente conhecido, e além disso preciso confessar que tendo perigosamente a reprimir platitudes, mesmo quando são verdades úteis. Na química, não seria possível manter esse hábito. Sabe que Karl Marx, o Confúcio de vocês, via com grande reserva as qualidades morais do proletariado? Admito que ele o tenha elogiado algumas vezes, mas que os proletários sejam subumanos é algo que Goebbels aprendeu do próprio Marx. A diferença é que, segundo este último, estão fartos dessa situação.

KALLE

Como pode afirmar que Marx insultou os trabalhadores? Não seja tão original, por favor!

ZIFFEL

Permita-me ser original, caso contrário eu me tornaria um idiota e você não ganharia nada com isso. Marx não insultou os trabalhadores, apenas constatou que a burguesia o insulta. Meu conhecimento do marxismo é incompleto; tome, portanto, as minhas palavras com cautela. Um conhecimento razoavelmente completo do marxismo custa hoje, como me garantiu um colega, de 20 a 25 mil marcos, sem contar as trapaças. Com menos do que isso você não adquire um conhecimento adequado. No máximo, aprende um marxismo inferior, sem Hegel, ou um marxismo em que falta Ricardo e assim por diante. De resto, meu colega contabilizou apenas o custo dos livros, as taxas da faculdade e as horas despendidas nos estudos. Deixou de fora as perdas ocasionadas por dificuldades surgidas na carreira ou por eventuais prisões. Também não levou em conta a acentuada perda de renda nas profissões burguesas após uma leitura aprofundada de Marx. Em determinadas áreas, como história e filosofia, você jamais voltará a ser realmente bom depois de ter lido Marx com atenção.

KALLE

E essa história de que os trabalhadores são subumanos?

ZIFFEL

Sem lhe dar garantias, como já disse, trata-se de dizer que ao proletário é negada a humanidade, quer dizer, sua própria humanidade. Sendo assim, ele tem de fazer alguma coisa, desumanizado que está, num mundo em que a humanidade é de seu particular interesse. Segundo Marx, o *Homo sapiens* age apenas quando fixa a absoluta ruína em suas pupilas, e seus atributos mais elevados só se revelam quando extraídos à força. Faz o certo apenas em caso de urgente necessidade, e apenas então, quando não lhe resta alternativa, é que faz sua opção pela humanidade. Desse modo, o proletário acata sua missão de conduzir a humanidade a um patamar superior.

KALLE

Posso dizer que, por instinto, sempre fui contrário a essa missão; ela soa lisonjeira, mas sempre desconfiei da lisonja, você não? Gostaria de saber o significado da palavra missão. Literalmente, quero dizer.

ZIFFEL

Vem do latim, *mittere*: enviar.

KALLE

Eu já imaginava. Mais uma vez o proletário deve cumprir o papel de contínuo. Vocês imaginam um Estado ideal, e somos nós que devemos criá-lo. Somos os executores, e vocês continuam sendo os executivos, não é isso? Devemos salvar a humanidade. Mas quem é a humanidade? Ela são vocês. Em Estocolmo conheci um emigrante judeu, um banqueiro com o título de conselheiro comercial que me fez sérios reparos, dizendo que nós, socialistas, não fizéramos uma revolução, deixando Hitler tomar o poder. Pelo visto, vislumbrara uma espécie de Alemanha administrada pelas juntas comerciais. Os russos também foram julgados a partir dessas premissas. No *Frankfurter Zeitung*,[57] diz-se frequentemente que não existe um comunismo verdadeiro por lá, e assim a União Soviética é alvo de uma crítica negativa. Já escreveram sobre ela dizendo que se trata de um experimento interessante, e o fazem num tom objetivo, como se seu veredicto estivesse subordinado à viabilidade técnica do experimento. É possível que os nobres franceses tenham tratado a guilhotina desse mesmo modo.

ZIFFEL

Compreendo-o corretamente? Você se nega a libertar a humanidade?

KALLE

Seja como for, não lhe pago o café.

KALLE[58]

Às vezes — não me leve a mal — exaspero-me por me sentar aqui e gracejar numa época como esta.

ZIFFEL

Em primeiro lugar, eu lhe diria que há motivos de sobra para nossa preocupação, especialmente com duas divisões alemãs motorizadas no país e nenhum visto no passaporte. Em segundo, nos dias que correm, a seriedade como atitude está um tanto desacreditada, pois Hitler e sua gente são a coisa mais séria que já existiu. Ele integra o círculo dos assassinos mais sérios, e o assassínio é coisa muito séria. Ele não é um tipo superficial; os poloneses confirmarão isso para você. Diante dele, Buda é um humorista. E em terceiro, não

---

[57] Jornal de perfil liberal, dos tempos da República de Weimar.

[58] Observam-se aqui duas falas de Kalle não intercaladas por uma intervenção de Ziffel. O editor alemão não comenta essa quebra na alternância das falas (cf. nota 6).

temos de nos portar com dignidade, não somos açougueiros. Uma boa causa pode ser tratada também de maneira divertida. Como disse um orador dos serviços de cremação: a burguesia nada tem a perder, a não ser o próprio dinheiro.

Pouco depois, separaram-se e afastaram-se, tomado cada qual o rumo de sua casa.

9

A Suíça, famosa pelo apego à liberdade e por seus queijos / Educação exemplar na Alemanha / Os americanos[59]

ZIFFEL

A Suíça é um país famoso pela liberdade que concede às pessoas. Mas elas têm de ser turistas.

KALLE

Estive lá e não me senti muito livre.

ZIFFEL

Provavelmente você não esteve num hotel. Deveria se hospedar num deles. Daí você pode ir a qualquer parte. Não há cercas e nenhum obstáculo em torno das montanhas mais altas, que oferecem uma vista magnífica. Em nenhuma parte você se sente tão livre como numa montanha.

KALLE

Ouvi dizer que os próprios suíços nunca escalam as montanhas, a não ser que sejam guias, e, portanto, não são inteiramente livres, têm de acompanhar os turistas.

ZIFFEL

Os guias têm provavelmente menos sede de liberdade que os outros suíços. A histórica sede de liberdade da Suíça

---

[59] No manuscrito de Brecht, este diálogo está assinalado como o 8º.

advém de sua localização desfavorável. Está rodeada de grandes potências, ávidas por conquistas. Por esse motivo, os suíços vivem em permanente estado de alerta. De outro modo, não teriam sede de liberdade. Jamais ouvimos falar de sede de liberdade entre os esquimós. Estão mais bem localizados.

KALLE

Os suíços contam com a sorte de serem vários os países com más intenções a seu respeito. Nenhum deles admite que o outro se apodere da Suíça. Quando sua sorte terminar, ou seja, quando uma das potências se tornar mais forte que as demais, acabou-se.

ZIFFEL

Se quiser saber minha opinião, saia de todo país onde notar uma grande sede de liberdade. Ela é supérflua num país mais bem situado.

KALLE

Você tem razão, devemos desconfiar quando se fala muito em liberdade. Noto que uma sentença do tipo "entre nós vigora a liberdade" surge sempre quando alguém reclama de sua falta. Ouvimos então imediatamente: "Em nosso país há liberdade de pensamento. Aqui você pode ter a convicção que quiser". Isso é verdade, pois é assim em toda parte. Você só não tem o direito de exprimir sua convicção. Pode ser punido por isso. Na Suíça, se você disser contra o fascismo algo que vá além da ideia de que você não o aprecia — o que de resto nada significa — será logo advertido: "Essa convicção não pode ser expressa. Se for, nossa liberdade estará ameaçada, pois em seguida virão os alemães". Ou experimente dizer que é a favor do comunismo. Ouvirá imediatamente que não pode dizer isso, porque o comunismo significa falta de liberdade. Afinal, no comunismo os capitalistas não são livres. São perseguidos por ter uma opinião divergente, e os trabalhadores não são livres para buscar o emprego que eles oferecem. Um cavalheiro me disse num restaurante: "Tente tomar a iniciativa e abrir uma fábrica na Rússia! Lá você não pode sequer comprar uma casa". Perguntei-lhe: "Posso comprar uma aqui?". "Quando quiser", disse ele, "preencha o cheque e está comprada." Lamentei profundamente não ter uma conta bancária, pois nesse caso eu poderia ter aberto uma fábrica.

ZIFFEL

A ideia é a de que na esfera privada você goza de certas liberdades e não é imediatamente detido ao exprimir na mesa do bar uma convicção diferente daquelas que são permitidas.

KALLE

Aqui você não pode sustentar uma opinião, nem mesmo na mesa de bar. Os alemães, e outros antes deles, descobriram que isso também é perigoso. Eles também se arrastaram para baixo de uma mesa de bar. Cortaram pela raiz a sede de liberdade do pequeno-burguês.

ZIFFEL

Fazem o que podem, mas ainda não se estabeleceram completamente. Criaram modelos exemplares nos campos de concentração, mas Roma não foi construída de um dia para o outro, e as pessoas ainda se permitem uma porção de liberdades. Na Alemanha, por exemplo, você ainda pode andar à toa pela cidade e parar diante das lojas, mesmo que essa atitude seja malvista, por não ter um alvo definido.

KALLE

É verdade, precisam sempre de um alvo. É num alvo afinal que se atira.

ZIFFEL

Foi uma grande injustiça acusá-los de mentir premeditadamente quando disseram que os campos de concentração tinham finalidade pedagógica. São instituições educacionais exemplares. Experimentam-nos com seus inimigos, mas foram concebidos para toda a gente. O Estado que criaram ainda não se firmou completamente e permanece frágil. Por exemplo, que os trabalhadores sigam para suas casas depois do trabalho é algo que, no fundo, devem encarar como coisa totalmente obsoleta. Estão longe de ter subjugado todos. Contam certamente com as crianças maiores de seis anos, e, a partir do movimento juvenil do "Como-É-Mesmo-Que-Se-Chama?" e do serviço militar, arrastam os homens e os rapazes para o partido. Mas o que se passa, por exemplo, com os velhos? Como anda a formação dos anciãos sob a guarda do "Como-É-Mesmo-Que-Se-Chama?". Aí observamos uma sensível lacuna. É bem possível que se torne um risco para eles!

KALLE

Não sei se já experimentaram de tudo com as crianças. As mais velhas bem podem espionar seus pais, e as mais novas, recolher sucata, mas talvez fosse necessário começar já durante a gravidez. A ciência teria aí um novo campo de estudos. Quero dizer, não faria mal a uma gestante ouvir uma porção de marchas militares e ter o *Führer* ao alcance da mão, na parede acima da cama, mas isso é primitivo. Para a futura mãe, é preciso oferecer exercícios que influam sobre o feto. O Ministério da Propaganda deve se ocupar do feto, não se pode perder mais nenhum segundo.

ZIFFEL

Os cuidados com a criança são importantíssimos. A criança é o bem mais precioso da nação. A face do Terceiro Reich será aquela que as novas gerações vierem a ter. Um dia essa face exibirá o bigode do "Como-É-Mesmo-Que-Se-Chama?", mas a educação começa no ventre materno. Não é de hoje, por exemplo, a instrução para que a futura mãe faça exercícios físicos. Erguer a cabeça para contemplar os bombardeiros inimigos já é um movimento digno de nota.

KALLE

Talvez o mais importante seja afastar as crianças mais velhas e os jovens mais maduros de todos os lugares onde possam se corromper e se distanciar do Estado. Deve-se afastá-los sobretudo do mundo do trabalho. De que vale educar o jovem com tanto esforço e dedicação, levando-o à crença incondicional no *Führer* e no futuro, se mais tarde ele ingressa no mercado de trabalho e é abusado e extorquido, tornando-se amargurado e incrédulo? É preciso abolir o mundo do trabalho.

ZIFFEL

É verdade, isso traria um efeito benéfico.

KALLE

Enquanto houver nossa vida de trabalho, poderá surgir a sede de liberdade. Por quê? Porque essa vida é extenuante.

ZIFFEL

Para a maioria.

KALLE

Pense nos americanos, um grande povo. No começo tiveram de se proteger das investidas dos índios e agora têm os milionários no pescoço. São assaltados pelos barões da indústria alimentícia, sitiados pelos cartéis do petróleo e espoliados pelos magnatas das ferrovias. O inimigo é sagaz e cruel, arrasta mulheres e crianças para o fundo das minas de carvão ou aprisiona essa gente nas fábricas de automóveis.

Os jornais atraem-nos para emboscadas e os bancos esprei-
tam-nos em plena luz do dia. Podem ser demitidos a qualquer
momento e, quando isso ocorre, lutam feito animais por sua
liberdade, para que cada um possa fazer o que quiser, algo
que os milionários saúdam alegremente.

ZIFFEL

(*Entusiasmado*) Assim é: como os animais selvagens,
eles têm de estar sempre em grande forma para não serem
vencidos. Gostariam talvez de inclinar a cabeça por um momento e mirar adiante com olhar sombrio, gozando a seu
bel-prazer o tédio da existência, mas sei de fonte segura que
isso não funciona, pois lhes custaria a vida. Tive um tio que
vivia na América e que esteve por aqui quando eu era jovem.
Nunca o esqueci. O coitado era um incorrigível otimista. Seu
rosto se contraía permanentemente num ricto de soberba que
deixava entrever seu dente de ouro. Durante o dia, por repetidas vezes, dava palmadas encorajadoras nos ombros e nas
costas de meu pai, que sofria de reumatismo e estremecia a
cada golpe. Trouxe um carro de lá, uma raridade na época,
e certo dia fizemos um passeio ao Monte Kobel,[60] com ele
dizendo sem parar que no passado as pessoas tinham de fazer o caminho a pé, rastejando colina acima. O carro empa-
cou na subida, tivemos de fazer o restante do trajeto cami-
nhando, e meu tio gastou seu último fôlego para assegurar
que os carros ainda seriam aprimorados.

KALLE

Justamente os americanos têm um discurso particularmente incisivo sobre a liberdade. Como já disse: é suspeito.
Para alguém falar em liberdade é preciso que o sapato lhe
aperte o pé. Aqueles que andam por aí com um bom par de
sapatos não precisam dizer que o calçado é confortável, bem

---

[60] Colina nas cercanias de Augsburg, cidade natal de Brecht.

ajustado e não incomoda, tampouco precisam dizer que não têm calos nos pés ou que não os tolerariam. Quando ouvi isso, entusiasmei-me pela América e quis me tornar americano ou, pelo menos, atingir essa liberdade. Corri de Pôncio para Pilatos. Pôncio não dispunha de tempo e Pilatos estava impedido. O cônsul exigiu que eu, de gatinhas, desse quatro voltas em torno do quarteirão e me submetesse então a um exame médico atestando que eu não adquirira calosidades. Em seguida, tive de prestar juramento ao Estado, assegurando não ter opiniões. Olhei para o cônsul com ar inocente e reafirmei o juramento, mas ele penetrou meus pensamentos e exigiu uma comprovação de que eu jamais tivera uma opinião, e eu não fui capaz disso. Desse modo, não me foi possível ingressar na terra da liberdade. Não estou certo de que meu apreço pela liberdade fosse suficiente para as expectativas do país.

Logo depois, Ziffel e Kalle separaram-se e afastaram-se, tomado cada qual o rumo de sua casa.

10
A França ou o patriotismo /
Sobre deitar raízes

Ziffel teve de fazer a Kalle a triste revelação de que não via nenhuma possibilidade de prosseguir com suas memórias, pois tinha escassa experiência de vida.

KALLE

Você deve ter vivido alguma coisa. Se não teve grandes experiências, há de ter tido pequenas. Descreva as pequenas!

ZIFFEL

Essa é a teoria de que todos têm uma vida própria, mas ela não passa de um sofisma, pois só será comprovada se chamarmos de vida a experiência de ficar vegetando por setenta anos, ou talvez por três. Diz certo provérbio que um seixo à beira de um regato pode nos proporcionar tanta alegria quanto a visão de um monte como o Matterhorn. A pequena pedra nos permite decerto admirar a criação divina, mas prefiro fazê-lo em face do Matterhorn. É questão de gosto. Podemos falar de maneira interessante sobre qualquer coisa, mas nem tudo merece nosso interesse. Em todo caso, encerrei minhas memórias e isso é bem triste.

KALLE

Não obstante, você pode narrar de viva voz os lugares por onde passou e os motivos que o levaram a deixá-los. Em suma, contar como viveu.

ZIFFEL

Nesse caso, chegamos à França. A *la patrie*. Sou feliz por não ser francês. Para meu gosto, os franceses estão obrigados a um patriotismo excessivo.

KALLE

Está bem, pode contar suas objeções.

ZIFFEL

Trata-se de um país onde o patriotismo deve ser exercido como vício e não como virtude. Os franceses não estão casados com sua terra, ela é sua amante. E como é ciumenta!

KALLE

Tive uma namorada que a cada quarto de hora me perguntava se eu ainda a amava. Quando íamos para a cama, dizia que eu a amava pensando apenas na cama, e quando eu a ouvia contar alguma coisa, dizia que se permanecesse muda, eu deixaria de gostar dela. Era muito enfadonho.

ZIFFEL

Na França, um escritor passou a ser chamado de original depois que viajou ao exterior. Sobre ele foram escritos livros em que se perguntava se sua atitude implicava doença ou genuína originalidade.

KALLE

Na França, o amor à pátria é tão cultivado que só perde em importância para o amor à comida. E lá, ouvi dizer, a culinária está mais adiantada que em qualquer outro lugar. O pior, contudo, é que lá raramente as pessoas podem ser patriotas.

ZIFFEL

Como assim?

KALLE

Veja esta guerra. Começou depois de o cidadão comum ter votado na esquerda e exigido a jornada de sete horas. O ouro não pôde se opor, mas apanhou um resfriado e se mudou para a América. E assim não foi possível rearmar o país. O cidadão comum era contra o fascismo da mesma maneira que apoiava a jornada de sete horas, e por isso eclodiu a guerra. Os generais disseram que sem armas nada podiam fazer e interromperam o conflito, até porque pensavam que o cidadão comum não seria capaz de aprontar nada enquanto as tropas estrangeiras estivessem no país e zelassem pela ordem. Os patriotas, que quiseram continuar combatendo, foram aprisionados e sentiram na pele as consequências de lutar contra o Estado. Na Tchecoslováquia aconteceu algo bastante parecido. É preciso ser um patriota colossal para manter o patriotismo num país assim. Pelo tanto que o conheço, você há de concordar com isso.

ZIFFEL

Sempre estranhei o fato de que devêssemos amar especialmente a pátria em que pagamos os impostos. O fundamento do amor à pátria é a parcimônia, uma qualidade admirável quando não se possui nada.

KALLE

O amor à pátria está prejudicado desde o início pela ausência de alternativas a ele. É como se tivéssemos de amar a mulher com quem nos casamos e não de nos casar com aquela que amamos. Por isso eu gostaria primeiramente de poder escolher. Digamos: que alguém me mostrasse um pedacinho da França, uma parte da boa Inglaterra, uma ou duas montanhas suíças e algo das costas norueguesas; aí sim eu poderia apontar um desses países e dizer: fico com este. Mas agora tudo se passa como se para nós nada fosse mais precioso do que a janela de onde caímos certa vez.

ZIFFEL

Esse é um ponto de vista cínico e desenraizado; agrada-me.

KALLE

De resto, sempre ouço dizer que devemos nos enraizar. Estou plenamente convicto de que as únicas criaturas que têm raízes — as árvores — prefeririam não tê-las, pois assim poderiam voar num avião.

ZIFFEL

Amamos as coisas pelas quais vertemos nosso suor. Isso explica um fenômeno como o do amor à pátria.

KALLE

Não para mim. Não amo as coisas pelas quais derramei meu suor, não amo nem mesmo todas as mulheres por quem derramei meu sêmen. Tive um caso com uma moça com quem viajei até o Lago Wannsee, pois suas formas me atraíam e ela se vestia lindamente. Mas no dia da viagem ela resolveu que queria almoçar e em seguida que queria remar e depois que tinha de tomar um café e eu, por fim, estava a ponto de abandoná-la em meio aos arbustos, caso ela demorasse mais meio minuto para tirar a calcinha. E repito: ela era uma mulher de primeira.

ZIFFEL

Vestia-se lindamente, você disse. Quando imagino o país em que eu gostaria de viver, opto por um onde alguém que murmurasse distraído algo como "este lugar é lindo", esse alguém ganharia imediatamente um monumento por seu patriotismo, pois seu comentário seria recebido como algo inesperado, tornando-se uma sensação e sendo realmente apreciado. Naturalmente, aquele que nada murmurasse também ganharia um monumento, nesse caso por não ter dito algo supérfluo.

KALLE

Foram os patriotas que tornaram execrável o país de que se apossaram. Penso às vezes: que belo país teríamos, se o tivéssemos! Lembro-me de um poema que lista alguns de seus méritos. Não vá pensar que eu me interesse por poesia. Essa que menciono agora eu a vi em algum lugar, mas não a sei de cor. Esqueci sobretudo o que diz sobre as províncias. Afora as lacunas, é mais ou menos assim:

Vós, gentis florestas da Baviera e cidades à beira
[do Meno
Tu, Bucônia forrada de pinheiros, umbrosa
[Floresta Negra!

Vem a seguir uma parte que esqueci, relacionada a esses versos, e então o poema prossegue:

Rubra vertente da Turíngia, modestos arbustos
[do Marco, e vós
Negras cidades do Ruhr, atravessado por batéis
[de ferro.

Surge uma lacuna, alguma coisa no meio e em seguida:

Tu, também, Berlim multiurbana
Por baixo e por cima do asfalto atarefada, e vós
Portos hanseáticos e vós agitadas
Cidades da Saxônia e da Silésia, postas a mirar
[o oriente
Sob um manto de fumaça!

O sentido é o de que devemos conquistar tudo isso, de que isso valeria a pena!

Ziffel olhou surpreso para Kalle, mas não notou nele nada do comportamento submisso daqueles que exprimem uma ideia patriótica, e esvaziou seu copo meneando a cabeça.

11
Dinamarca ou o humor/
Sobre a dialética hegeliana

Conversaram também sobre a Dinamarca, onde Ziffel e Kalle estiveram por algum tempo, pois estivera em seu caminho.

ZIFFEL

Os dinamarqueses têm um humor proverbial.

KALLE

Mas nenhum elevador. Falo por experiência própria. Os dinamarqueses são pessoas muito acolhedoras e nos receberam com hospitalidade. Quebraram a cabeça para saber como poderiam nos ajudar, mas tivemos de nos virar sozinhos. Os prédios da capital não têm elevador, uma situação que nos favoreceu, pois oferecemos nossos préstimos, cumprindo seu preceito de que a necessidade de esmolar é indigna e de que deveríamos trabalhar para receber. Notamos que eles tinham de descer a lata de lixo do último andar e assumimos a tarefa: era uma atitude mais digna.

ZIFFEL

São muito espirituosos. Até hoje, comprazem-se em falar de um ministro das finanças, o único de quem receberam alguma coisa em troca de seu dinheiro, herdando-lhe uma piada. Certo dia, quando uma comissão foi até ele para revisar as contas, levantou-se com gravidade, bateu com a mão na escrivaninha e disse: senhores, se insistem na revisão, não sou mais ministro das finanças. A comissão se retirou e retornou apenas meio ano depois, quando se descobriu que ele dissera a mais pura verdade. Prenderam-no e recordam-se dele com grande estima.

KALLE

O humor dos dinamarqueses evoluiu acentuadamente na Primeira Guerra. Mantiveram-se neutros e fizeram boas vendas. Vendiam como navio qualquer coisa que pudesse navegar até a Inglaterra, ou seja, anunciavam a mercadoria não exatamente como navio, preferindo falar em tonelagem, o que era mais exato. Com isso atingiram um formidável estado de bem-estar social no país. O número de marinheiros dinamarqueses mortos foi o mais alto entre todas as potências envolvidas no conflito.

ZIFFEL

Sim, descobriram uma faceta agradável da guerra. Também vendiam gulache e nas latas metiam tudo aquilo que fedia demasiado para que conservassem consigo. Ao eclodir a Segunda Guerra, ficaram impacientes e desarmados até o último botão. Diziam o tempo todo: somos muito débeis para nos defender, devemos vender porcos. Certa feita, um ministro estrangeiro procurou animá-los e demovê-los dessa atitude e lhes contou então a história de um caçador das estepes. Uma águia desceu do céu e investiu contra um coelho. O coelho não podia ou não queria mais correr. Deitou-se então de costas e, para afugentar a águia, batia com as patas no peito dela, como se tocasse um tambor. As patas do coelho são muito fortes e adequadas para a fuga. Os dinamarqueses riram da história por seu lado burlesco e disseram ao ministro que estavam bastante seguros quanto aos alemães: se estes ocupassem a Dinamarca, em pouco tempo não teriam mais porcos para comprar, pois os russos não exportariam mais a matéria-prima da forragem. Sentiam-se tão seguros que não se assustaram quando os alemães propuseram um pacto de não agressão.

KALLE

Eram democratas e insistiam no direito que as pessoas têm de gracejar. Tinham um governo social-democrata e mantinham o primeiro-ministro apenas porque tinha uma barba engraçada.

ZIFFEL

Por serem tão bem-humorados, estavam convencidos de que o fascismo não teria lugar entre eles. Vivem, uns mais outros menos, da venda de porcos, e tiveram de negociar com os alemães, pois estes precisavam de porcos. Mas caçoavam de si mesmos, dizendo que quando se vende um porco é preciso andar sem fazer barulho para não perturbar o animal. Infelizmente, o fascismo não se ofendeu por não ter sido levado a sério na Dinamarca e certa manhã surgiu nos céus com uma dúzia de aviões e ocupou tudo. Os dinamarqueses sempre disseram que seu humor é lamentavelmente intraduzível, consistindo de diminutas torções linguísticas dotadas de uma graça particular. Isso deve ter contribuído para que os alemães mal notassem que não eram levados a sério. Depois disso, os dinamarqueses passaram a receber apenas um pedaço de papel em troca de seus porcos, de modo que seu humor foi posto a dura prova, pois há uma diferença entre vender porcos para alguém que desprezamos e não receber de alguém que desprezamos o pagamento pela venda dos porcos.

KALLE

Não obstante, fizeram uma piada sobre a ocupação. Era cedo de manhã quando as tropas invasoras chegaram, pois, impedidos por sua polícia de dormir tranquilos, os alemães são grandes madrugadores. Um batalhão dinamarquês ouviu falar da invasão e se pôs a marchar em colunas. Chegou ao estreito que separa o país da Suécia e seguiu caminho por várias horas até chegar à estação das balsas, onde comprou bilhetes e viajou para a Suécia. Lá, deu uma entrevista dizendo que se mantinha pronto para defender a Dinamarca. Mas os suecos o mandaram de volta; desse tipo de batalhão eles mesmos já tinham o bastante.

ZIFFEL

É insuportável viver num país sem humor, mais insuportável, porém, é viver num país onde ele é necessário.

KALLE

Quando minha mãe não tinha nada, não tinha nenhuma manteiga para nos dar, passava humor na fatia de pão. O gosto não é ruim, mas não satisfaz.

ZIFFEL

Quanto ao humor, penso sempre no filósofo Hegel,[61] de cuja obra emprestei alguns livros da biblioteca a fim de me preparar filosoficamente para conversar com você.

KALLE

Conte-me sobre o que leu. Não sou instruído o suficiente para lê-lo por conta própria.

ZIFFEL

Hegel teve talento para se tornar um dos maiores humoristas da história, comparável apenas a Sócrates, que usava método semelhante. Mas, pelo visto, teve má sorte; foi empregado na Prússia e serviu ao Estado. Até onde sei, tinha um

---

[61] G. W. F. Hegel (1770-1831), filósofo alemão, autor, entre outros, de *Wissenschaft der Logik* (*Ciência da lógica*).

cacoete inato que o acompanhou até a morte. Inconsciente-
mente, piscava o olho sem parar, como se fosse um coreico.[62]
Seu humor era tal que não podia pensar na ordem sem pensar na desordem. Estava certo de que a máxima desordem
era vizinha imediata da máxima ordem. Foi bem longe, a
ponto de dizer que ambas ocupavam o mesmo espaço! Compreendeu o Estado como aquilo que se encena ali onde surgem os antagonismos mais agudos entre as classes, de maneira que, por assim dizer, a harmonia do Estado vive à custa
da desarmonia entre as classes. Hegel contestou o princípio
de que um é igual a um, não apenas porque tudo aquilo que
existe, irresistível e incansavelmente, se converte em outra
coisa, inclusive em seu contrário, mas também porque nada
é absolutamente idêntico a si mesmo. Como todo humorista,
interessava-se por saber em que se convertiam as coisas. Você deve conhecer a expressão berlinense: "Como você está
mudado, Emílio!". A covardia dos valentes e a valentia dos
covardes ocupavam seu espírito. Interessava-o em geral o
fato de que tudo se contradiz e, em particular, a mudança
abrupta. Entenda bem, interessava-o o fato de todas as coisas seguirem calma e morosamente adiante e de, num repente, ocorrer uma reviravolta. Em seu caso, os conceitos foram
sempre tangidos pelo movimento da cadeira de balanço, algo
que produz uma impressão particularmente agradável até o
momento em que essa cadeira tomba.

Li seu livro *A grande lógica* numa época em que padeci
uma crise reumática e não podia me mover. É um dos maiores livros de humor da literatura universal. Trata do modo
de vida dos conceitos, essas existências escorregadias, instá-
veis e irresponsáveis; mostra como se ofendem mutuamente

---

[62] Indivíduo acometido pela doença de Huntington, também conhecida como coreia, caracterizada pela falta de coordenação dos movimentos corporais.

e pelejam de faca na mão, sentando-se juntas, logo depois, para cear, como se nada houvesse ocorrido. Comparecem, por assim dizer, aos pares; cada uma delas está casada com seu contrário, e seus negócios elas realizam na condição de casal, ou seja, assinam contratos, movem processos, praticam assaltos e roubos, escrevem livros e fazem declarações sob juramento, tudo isso na condição de casal e, na verdade, como casal enredado em completo litígio, em todo e qualquer assunto um casal desunido! Aquilo que a ordem afirma, a desordem, sua inseparável parceira, contesta imediatamente, se possível de um golpe só. Uma não pode viver sem a outra, tampouco com a outra.

KALLE

O livro trata apenas de tais conceitos?

ZIFFEL

Os conceitos que elaboramos sobre alguma coisa são muito importantes. São as tenazes com que podemos mover as coisas. O livro trata da maneira como podemos intervir nas causas dos processos em curso. À gaiatice de uma determinada coisa Hegel deu o nome de dialética. Como todos os grandes humoristas, apresentou tudo com um semblante de extrema gravidade. Onde ouviu falar dele?

KALLE

Na política.

ZIFFEL

Esse também é um de seus gracejos. Os grandes agitadores distinguem-se como discípulos do maior dentre os defensores do Estado. Além disso, ganham pontos por seu senso de humor. Até hoje não conheci alguém desprovido humor que tenha compreendido a dialética de Hegel.

KALLE

Interessamo-nos muito por ele. Recebemos extratos de seus textos. É preciso que nos lancemos a eles com garras de caranguejo. Hegel nos interessou porque pudemos notar sua graça, como diz você. Observamos, por exemplo, que passaram por curiosas transformações aqueles dentre nós que eram filhos do povo e ingressaram no governo, pois, uma vez no governo, já não provinham do povo, eram governo. Ouvi o termo pela primeira vez em 1918. Ludendorff[63] estava no auge de seu poder, podia meter o nariz onde quisesse, a disciplina era férrea, tudo fora previsto para durar mil anos, mas esse tempo se reduziu a dias, ele pôs uns óculos escuros e atravessou a fronteira em vez de fazer um novo exército atravessá-la, como havia planejado. Veja também o caso de um camponês durante o período de agitação que fizemos no campo. Era contra nós, dizendo que queríamos tomar todos os seus bens, mas foram o banco e o dono da terra que vieram e lhe tiraram tudo. Um sujeito me disse: esses são os piores comunistas. Não é uma piada?

ZIFFEL

A melhor escola de dialética é a emigração. Os dialéticos mais argutos são os refugiados. Refugiaram-se por causa das transformações, e não estudam nada além das transformações. Dos menores indícios inferem os maiores acontecimentos, quer dizer, se têm juízo. Quando seus adversários

---

[63] Erich Ludendorff (1865-1937), general e político arquiconservador, comandante supremo das forças armadas alemãs na Primeira Guerra Mundial. No fim de 1918, diante do colapso iminente do aparato militar, arquitetou a entrega do poder à social-democracia para em seguida culpá--la pela derrota. Antes que o armistício fosse selado, fugiu do país. Durante a República de Weimar (1919-1933), participou das tentativas de golpe de Kapp (1920) e de Hitler (1923).

triunfam, calculam os custos da vitória, e têm um olhar apurado para as contradições. Viva a dialética!

Não fosse o temor de chamar a atenção, caso se levantassem e brindassem festivamente, Ziffel e Kalle não teriam de modo nenhum permanecido sentados. Naquelas circunstâncias, porém, ergueram-se apenas em espírito. Logo depois, separaram-se e afastaram-se, tomando cada qual o rumo de sua casa.

12
A Suécia ou o amor ao próximo/
Um caso de asma

ZIFFEL

Os nazistas dizem que "o bem comum está acima do interesse particular". Isso é comunismo, vou contar à minha mãe.

KALLE

Você diz isso para me contrariar, a despeito de suas próprias convicções. A frase significa apenas que o Estado precede o súdito, e o Estado são os nazistas, isso é tudo. O Estado representa o interesse público na medida em que cobra os impostos de todos, comanda tudo à sua volta, restringe as relações entre as pessoas e conduz à guerra.

ZIFFEL

Esse é um exagero que me agrada. E, sem exagerar, poderíamos dizer que a frase constitui um irremediável antagonismo entre o interesse individual e o público. Certamente, é isso que desperta esse seu desprezo. Eu diria que há algo de podre num país onde o egoísmo é por princípio difamado.

KALLE

Na democracia, tal como a conhecemos...

ZIFFEL

Você não precisa do "tal como a conhecemos".

97

KALLE

Pois bem, numa democracia, costumamos dizer que é preciso chegar a um equilíbrio entre o egoísmo daqueles que possuem alguma coisa e o daqueles que nada possuem. Trata-se de um evidente absurdo. Censurar um capitalista por seu egoísmo é a mesma coisa que censurá-lo por ser capitalista. Ele tira proveito sozinho porque se aproveita dos outros. Os trabalhadores não podem se aproveitar do capitalista. A sentença "O bem comum está acima do interesse particular" deveria ser trocada por esta: "Quando se trata de exploração, não é lícito que alguém explore outro ou todos. Antes, todos devem...". E agora, diga-me, por favor: explorar *o quê*?

ZIFFEL

Em você habitam um lógico e um semanticista, tome cuidado. É suficiente sua afirmação de que uma coletividade deve ser constituída de modo que aquilo que é útil para um indivíduo seja útil para todos. Já não seria preciso difamar o egoísmo, podendo ele ser publicamente elogiado e promovido.

KALLE

Isso só acontece ali onde o proveito de um único indivíduo não decorre de uma carência tolerada ou criada por muitos.

ZIFFEL

Da Dinamarca fui à Suécia. A Suécia é um país onde o amor pelo ser humano está bastante evoluído, bem como o amor pela carreira, num sentido muito elevado. O caso mais interessante de amor pela carreira aconteceu lá, com um sujeito que não era sueco. Mas isso não prejudica a teoria, pois foi lá que seu amor pela carreira se formou e foi posto à prova. A história se passou com um biólogo, e eu pedi a ele que a anotasse para mim com toda a objetividade. Se quiser, eu a leio para você. (*Lê em voz alta:*)

"Auxiliado por alguns cientistas de Nordland[64] que me visitaram algumas vezes em meu instituto e publicaram alguns de meus trabalhos em seus periódicos, obtive a permissão para uma estada no país. Exigiram apenas que me abstivesse completamente de qualquer trabalho ou atividade científica. Com um suspiro, subscrevi a condição, triste por não mais poder colaborar com meus amigos, como sempre fizera. Compreendi que podia contar com sua amizade apenas se renunciasse totalmente à pesquisa, eu que havia conquistado essa amizade justamente por minha atividade científica. Pois se em Nordland não havia muitos físicos dedicados à física, também não havia institutos suficientes para os físicos. E eles queriam viver.

"Meu desconforto residia na impossibilidade de eu bancar minhas despesas, dependendo assim da generosidade dos colegas. Empenharam-se por uma bolsa de estudos para que eu não me envolvesse com nenhum tipo de trabalho. Fizeram o que podiam para eu não passar fome.

"Para meu azar, adoeci gravemente, pouco depois de minha chegada. Fui torturado por um tipo de asma particularmente severo que logo exauriu minhas forças, levando-me à completa fadiga. Reduzido a uma frágil estrutura de pele e ossos, eu me arrastava penosamente, indo de um médico a outro, sem que nenhum deles pudesse me trazer alívio.

"Eu estava no limite de minhas forças quando ouvi falar de um médico, na época famoso, que estava morando na cidade e que havia descoberto e aprimorado um tratamento novo e muito eficaz. E ainda por cima era um compatriota. Arrastei-me até ele e contei-lhe meus padecimentos, sacudido por acessos de tosse.

"Ele ocupava um cômodo nos fundos de uma casa, e a cadeira em que desabei era a única que ali havia. Ele teve de ficar em pé. Apoiado a uma cômoda que mal se firmava e so-

---

[64] Nordland (País do Norte): referência à Suécia.

bre a qual haviam restos de um mísero jantar — eu interrompera sua refeição — o sujeito começou a me interrogar.

"Suas perguntas me surpreenderam. Não diziam respeito à minha enfermidade, mas a coisas inteiramente distintas: minhas relações sociais e pessoais, minhas convicções, ocupações prediletas e assim por diante. Depois de termos conversado por cerca de quinze minutos, interrompeu-se subitamente e confessou-me sorrindo o propósito de sua curiosa anamnese.

"Não quisera investigar minha condição física, mas meu caráter, disse ele. Para conseguir um visto de residência no país ele havia, como eu, assinado um documento afirmando que não iria exercer a profissão. Ao me dispensar um tratamento médico, arriscava ser expulso. Antes de me examinar, precisava saber se eu era uma pessoa íntegra que não iria sair por aí contando que ele me havia ajudado.

"Em meio a acessos de tosse, assegurei-lhe com toda a seriedade que sabia apreciar um bom serviço e que lhe podia fazer a promessa de esquecer tudo, se ele me curasse. Pareceu muitíssimo aliviado e me encaminhou a uma clínica onde ele podia atuar como assistente não remunerado.

"O chefe da seção era um homem razoável e lhe dava total liberdade em certos casos. Infelizmente, tivemos a má sorte de esse médico sair de férias no dia seguinte. X teve de relatar o caso a um substituto, alguém que não conhecia, mas foi informado de que poderia trazer o paciente.

"Cheguei antes da hora marcada e conversei com X numa pequena sala destinada aos médicos da clínica.

"'Estou impedido de exercer minha profissão', disse X, 'pois a equipe local tem de se proteger da concorrência. Está amparada numa lei que barra o charlatanismo. E evidentemente, é de interesse dos pacientes não serem tratados por alguém que não entende nada de nada.'

"Quando entramos na sala cirúrgica, o médico substituto já estava lá. Curiosamente, desinfetava as mãos.

"Era um homem jovial e um tanto espalhafatoso, e ele disse, enquanto escovava as mãos e voltava a pequena e calva cabeça para mim:

"'Vamos testar o novo método de seu amigo. Se não ajudar, tampouco fará mal. Sempre fui a favor de se testarem as novidades minuciosamente.'

"'Pensei que eu pudesse assumir a pequena cirurgia em seu lugar', disse X, esforçando-se por ocultar seu espanto. 'Como sabe, já a realizei uma centena de vezes.'

"'Como assim?', perguntou o médico substituto. 'É justamente isso que estamos fazendo. Entendi perfeitamente o que me explicou. Pode indicar o ponto, se está realmente apreensivo. E não tenha medo', disse voltando-se para mim. 'Não vou apresentar a conta. Sei que você é imigrante!'

"E nenhuma insinuação de X, por mais pungente que fosse, nem meu olhar aterrado demoveram o médico substituto de fazer o melhor que podia.

"O resultado não foi auspicioso. Ele não achou o ponto em meu nariz, e minhas crises não arrefeceram. Com a malfadada intervenção, as mucosas se intumesceram, e de início X nada pôde fazer, mesmo depois de o médico titular da seção ter voltado das férias. Apenas uma semana mais tarde foi-lhe possível iniciar o tratamento.

"Depois disso, minha condição melhorou extraordinariamente. X tratava-me a cada dois dias, e não ocorreu mais nenhuma crise. Eu me sentava no parapeito da janela de meu quarto e tocava gaita, algo que havia muito eu não pudera fazer. Duas semanas antes, só a ideia de soprar o instrumento provocara um terrível acesso de tosse.

"Certo dia, porém, fui à clínica e não encontrei X. 'O doutor não trabalha mais aqui', disse a enfermeira com frieza, dirigindo-se em seguida à sala do médico titular da seção.

"Fui à casa de X. Cheguei por volta do meio-dia, mas ele ainda estava na cama. Isso me surpreendeu bastante, pois era um homem muito organizado e cheio de vida. Afinal de contas, não estava doente.

"'Economizo carvão', desculpou-se, 'e não saberia o que fazer, se me levantasse.'

"Um dentista vira-o na clínica e escrevera às autoridades, denunciando-o pela atividade ilícita. A clínica teve de despedi-lo. Ele não podia mais entrar lá.

"'Nada mais posso fazer', disse hesitante e em voz baixa. 'Conto com a condição de estar sendo vigiado, e posso ser expulso.' Não me encarou enquanto falava. Permaneci ali mais alguns minutos, sentado na única cadeira existente e mantendo uma conversa claudicante e artificial.

"Dois dias depois tive uma nova crise. Foi durante a noite, e eu temia que meus hospedeiros fossem perturbados pela tosse excruciante. Eu pagava menos que o valor habitual do aluguel.

"Na manhã seguinte — eu já passara por mais duas crises e estava sentado à janela, ofegante — alguém bateu à porta, X entrou.

"'Não precisa dizer nada', disse rapidamente, 'vejo por mim mesmo. É uma vergonha. Trouxe comigo uma espécie de instrumento, e se você morder os dentes, pois não tenho como anestesiá-lo, farei uma tentativa.'

"Tirou do bolso uma caixa de charutos e, de um chumaço de algodão, apanhou uma pinça moldada por ele. Sentei-me na cama e segurei eu mesmo a luminária da escrivaninha, enquanto ele cauterizava o nervo.

"Ao sair, foi detido no corredor por minha senhoria, que lhe perguntou se não poderia examinar a garganta da filha. Sabiam que ele era médico. O tratamento não mais poderia ser ministrado em meu quarto.

"Isso era muito ruim, pois nem eu nem X conhecíamos um local seguro. Nos dois dias seguintes, quando, graças a Deus, eu me senti melhor, tratamos da questão várias vezes, e, ao cair a noite do segundo dia, X me contou que havia achado um lugar. Falava em seu costumeiro tom enérgico, portando-se como o grande médico que (Deus sabe) ele sempre fora, e sem dizer uma única palavra sobre o perigo que corria ao cuidar de mim.

"O lugar seguro era o banheiro de um grande hotel próximo da estação ferroviária. No caminho, olhei-o de soslaio e percebi a singularidade do momento. Relativamente alto e imponente, X caminhava vestindo um caro casaco de peles que ele certamente resgatara do naufrágio, e ninguém iria imaginar que não se dirigia a sua clínica nem a uma de suas famosas conferências, mas ao banheiro de um hotel que elegera como sala de cirurgia.

"Àquela hora, o banheiro estava completamente vazio, não se notava sequer a presença de um empregado. Localizado no subsolo, seria possível ouvir os passos de alguém que se aproximasse, bem antes de sua chegada. A iluminação, contudo, era muito fraca.

"X posicionou-se de tal maneira que podia vigiar a porta de entrada. Sua mágica destreza superou a mortiça luz daquele antro e prevaleceu sobre a miserável condição do instrumento, moldado à custa de muito esforço. E enquanto meus olhos marejavam por causa da dor atroz, eu pensava no triunfo logrado pela ciência de nosso século.

"Mas, de repente, uma voz em língua nórdica soou às costas de X:

"'O que fazem aqui?'

"Um homem gordo e de aparência ordinária, com um gorro de peles cor de cinza na cabeça, saíra pela porta branca de uma das cabines sanitárias e nos fulminava com olhos desconfiados, enquanto ajeitava a roupa. Senti o corpo de X literalmente paralisar-se, mas sua mão não tremeu um segundo sequer. Com um movimento ligeiro e seguro, tirou a pinça de meu dolorido nariz. Só então virou-se para o estranho.

"Este permaneceu no lugar onde estava e não repetiu a pergunta.

"X também não falou, apenas murmurou alguma coisa incompreensível, enquanto punha rapidamente a pinça no bolso do casaco, como se fosse um punhal com que tentara me matar. Para sua consciência de cientista, a parte mais incriminadora de toda aquela ação ilegal era o uso que ele fazia de um instrumento tão deplorável e antiprofissional. Com um gesto inseguro — agora suas mãos realmente tremiam — apanhou seu pesado casaco do piso ladrilhado e, totalmente pálido, jogou-o sobre o braço, empurrando-me para a porta.

"Não me virei. E do lugar onde estava o gordo não se ouviu nenhum ruído. Este provavelmente se limitara a nos observar com espanto, intuindo a partir de nosso comportamento que havia interrompido alguma ilegalidade. Talvez se sentisse aliviado por não nos termos confrontado com ele. Por fim, estávamos sós.

"Atravessamos o hall do hotel sem sermos detidos e, com nossas cabeças enterradas no casaco até as orelhas, caminhamos pela rua, separando-nos na primeira esquina, quase mudos.

"X já estava a cinco passos de distância, quando fui acometido por um ciclônico acesso de tosse que me atirou contra o muro das casas. Percebi que X me fitava enquanto ia se afastando; seu semblante parecia desfigurar-se. Acho que contraí nessa noite o resfriado que me pôs de molho durante três semanas. Quase me custou a vida, mas depois disso a asma desapareceu."

KALLE

Imagino a surpresa de X ao descobrir, num país estrangeiro, que os pacientes não passam de clientes.

ZIFFEL

Esse lado da ciência permanece obscuro para os cientistas na condição de cientistas. Eles o conhecem apenas como profissionais. O sujeito que palestra sobre os filósofos jônicos não tem a sensação de estar vendendo alguma coisa, como se fosse um comerciante de artigos coloniais.

KALLE

Seus alunos são clientes. Também é cliente o enfermo que recebe os óleos santos de um sacerdote. Trata-se de um serviço para clientes. A história serve à coleção de casos que você vem recolhendo. É sinistro viver num país onde dependemos de alguém que, demonstrando grande amor ao próximo, arrisca seus próprios interesses apenas para ajudá-lo. É mais seguro viver num país onde o amor ao próximo não seja necessário para que alguém possa ser tratado.

ZIFFEL

Se você puder pagar, em nenhuma parte dependerá do amor ao próximo.

KALLE

Se eu puder.

Logo depois, separaram-se e afastaram-se, tomando cada qual o rumo de sua casa.

13
Lapônia[65] ou o autodomínio e a coragem/ Parasitas

Ziffel e Kalle vasculharam o país, Kalle metendo o nariz aqui e ali como mascate de artigos para escritório e Ziffel buscando aqui e ali aqueles que poderiam empregar um químico. Vez ou outra, encontravam-se na estação ferroviária da capital, um lugar a que ambos se afeiçoaram por sua falta de conforto. Trocavam suas experiências tomando um copo de cerveja que não era cerveja e uma xícara de café que não era café.

ZIFFEL

César descreveu a Gália. Conhecia-a como o país que havia derrotado. Ziffel, descreva G.![66] Você o conhece como o país que o derrotou! Não arrumo nenhum emprego aqui.

KALLE

Essa é uma grande confissão, tal como eu podia esperar de você. Não é preciso dizer mais nada, pode ficar tranquilo, sei que não achou nenhuma oferta de emprego.

ZIFFEL

Vi o bastante para saber que este é um país que cultiva notáveis virtudes. Por exemplo, o autodomínio. É um paraí-

---

[65] Referência à Finlândia.

[66] G.: provável abreviatura de Germânia.

so para os estoicos; você já deve ter lido a respeito da estoica serenidade com que, dizem, os antigos filósofos encaravam toda sorte de desgraças. Diziam: quem deseja dominar os outros tem de aprender a se autodominar. Mas seria melhor dizer: quem deseja dominar os outros, deve lhes ensinar a se autodominar. Neste país, as pessoas não são dominadas apenas pelos fazendeiros e fabricantes, mas também por elas mesmas, por meio da chamada democracia. Reza o primeiro mandamento do autodomínio: fique de bico calado. Na democracia, há liberdade de expressão, e a harmonia é alcançada pela proibição de abusarmos dessa liberdade no momento em que falamos. Compreendeu?

KALLE

Não.

ZIFFEL

Não importa. É difícil apenas na teoria, na prática é muito simples. Podemos falar sobre qualquer coisa que não esteja relacionada aos assuntos militares. Nos assuntos militares, mandam os militares, que têm o conhecimento especializado. Eles têm a responsabilidade maior. Por isso, têm um senso de responsabilidade também maior e cuidam de tudo. E assim todos os assuntos se tornam militares e não podem ser debatidos.

KALLE

Eles têm um parlamento. Na Rua X mora uma mulher com cinco filhos, uma viúva que vive de lavar roupa. Ela ouviu dizer que haveria eleições e foi ao distrito onde estão as listas dos eleitores. Porém, não achou seu nome. Quis fazer barulho, imaginando que estava sendo lograda, mas mostraram-lhe uma lei aprovada pelo parlamento impedindo de votar as pessoas que recebem auxílio do Estado. Ela queria votar sobretudo porque o auxílio era muito modesto e porque não queria receber nenhum auxílio. Queria antes um pagamento decente por trabalhar o dia inteiro. Dizem que saiu de lá exclamando: "Aos diabos com seu parlamento!". E consta que os policiais fizeram vista grossa, deixando-a em paz.

ZIFFEL

Surpreende-me que não tenha sido capaz de se autodominar.

KALLE

Além de tudo é perigoso. Especialmente quando todos podem e apenas um não pode. É diferente quando todos não podem, pois aí a questão é ociosa. É exatamente o que se passa com a moral e os costumes. Se é costume usar chapéu vermelho durante o inverno, você pode usar um chapéu vermelho no inverno. Se num determinado país ninguém é capaz de autodomínio, a questão se torna supérflua.

ZIFFEL

Nos últimos dias, lembrei-me de uma história. Um homem chega a um rio onde uma balsa cheia de gente começa a travessia. Está apressado e salta para dentro da embarcação. Embora esteja lotada, as pessoas abrem-lhe espaço, e ninguém fala nada até que chegam à outra margem. Lá, um punhado de soldados está à espera. Quando a embarcação atraca, eles acolhem os passageiros, conduzindo-os a um muro. Os recém-chegados são enfileirados, os soldados carregam as armas, tomam posição e, ao comando de "fogo", o primeiro passageiro é fuzilado. E então, pela ordem da fila, chega a vez dos demais até que sobra apenas o homem que havia saltado à balsa. O oficial está pronto para dar a ordem de fogo quando chega um escrivão e compara o número de fuzilados com o número que consta em sua lista. Descobre que há um indivíduo a mais. O homem é ouvido, perguntam a ele por que veio junto e nada disse, quando já estavam a ponto de alvejá-lo. Qual era sua história? Ele tinha três irmãos e uma irmã. O primeiro fora fuzilado por dizer que não queria se incorporar ao exército. O segundo foi enforcado por contar que havia visto um funcionário público roubando, e o terceiro, por afirmar que havia visto seu irmão ser fuzilado. E a irmã foi fuzilada por ter se referido a um assunto de que ninguém nada sabia, pois se tratava de algo muito perigoso. Daí, disse o homem ao oficial, ele deduzira que falar era arriscado. Expressou-se com muita calma, mas por fim exaltou-se ao se lembrar daquelas atrocidades, acrescentando novos elementos ao relato, e assim tiveram de fuzilá-lo. É possível que isso tenha acontecido em G.

KALLE

Diz-se que seu povo é taciturno e que seu silêncio seria uma peculiaridade nacional. Sendo um povo de formação mista, que se expressa em duas línguas,[67] poderíamos dizer: esse povo se cala em duas línguas.

ZIFFEL

Seria possível dizê-lo, mas não em voz alta.

Antes de encerrar a conversa, Kalle propôs um negócio. Percorrendo a cidade, descobrira que estava infestada de percevejos. Curiosamente, não havia estabelecimentos que os eliminassem. Com um pequeno capital, seria possível abrir um com esse propósito. Ziffel prometeu estudar a ideia, mas não estava seguro de que a população se convenceria facilmente a lutar contra os parasitas. Ela dispunha de muito autocontrole. E assim, saíram ambos indecisos e afastaram-se, tomando cada qual o rumo de sua casa.

---

[67] Referência às línguas faladas na Finlândia, o sueco e o finlandês.

14
Sobre a democracia/ Sobre a singular palavra "povo"/ Sobre a ausência de liberdade no comunismo/ Sobre o receio diante do caos e do pensamento[68]

Quando novamente se encontraram, Kalle sugeriu que fossem a outro lugar. A menos de dez minutos dali, havia um restaurante com máquinas automáticas que ofereceria um café melhor. O gordo fez cara de infeliz e parecia não ver vantagem na troca. Ficaram por ali mesmo.

ZIFFEL

É muito difícil a democracia a dois. Teríamos de criar uma eleição por quilo para que eu obtivesse a maioria dos votos. Isso seria justificável, pois meu traseiro depende de mim, e podemos supor que eu o convenceria a votar comigo.

KALLE

Você tem o aspecto de um democrata. Penso que essa impressão advém de seu porte avantajado, que, por si só, gera um efeito de sociabilidade. Por "democrático" entendamos certa gentileza, quero dizer, uma gentileza associada à figura de um cavalheiro de bem. Associada ao morto de fome, a palavra adquire um tom insolente. Um garçom conhecido meu queixava-se frequentemente de um rico comerciante de cereais que jamais lhe dava uma gorjeta decente. Isso porque — como explicava o sujeito em alta voz para outro

---

[68] De acordo com o editor alemão, a conversa que segue foi escrita nos Estados Unidos em 1942 e inserida mais tarde no material elaborado previamente na Finlândia.

cliente — sendo um verdadeiro democrata, não queria humilhar aquele que o atendia. "Não aceito gorjetas", dizia. "Deveria então considerá-lo inferior a mim?"

ZIFFEL

Não creio que possamos tratar o termo "democrático" como atributo.

KALLE

Por que não? E se eu achar, por exemplo, que também os cães adquirem uma aparência mais democrática depois de comer uma boa dose de ração? A aparência *certamente* é importante. Creio que é a questão principal. Pense na Finlândia, ela tem uma aparência democrática. Se você remover essa aparência e disser que ela pouco lhe importa, o que restará? Nenhuma democracia, decerto.

ZIFFEL

Acho de que devemos ir a seu bar com máquinas automáticas.

Ziffel ergueu-se ofegante e estendeu a mão para o paletó, mas foi detido por Kalle.

KALLE

Não desanime! Desanimar é o erro de todas as democracias. Você não pode negar que a Alemanha teve uma aparência absolutamente democrática até adquirir a aparência fascista. Os generais derrotados[69] colocaram um extenso cabo telefônico à disposição do taberneiro Ebert[70] conectando-o com o supremo quartel-general para que Ebert pudesse

---

[69] O generais alemães derrotados na Primeira Guerra Mundial.

[70] Friedrich Ebert (1871-1925), político alemão social-democrata. Em 1919, foi eleito o primeiro presidente da República alemã recém-fun-

chamar, caso o povo se impacientasse. Os conselheiros ministeriais e os altos juízes conferenciavam com ele, como se fosse a coisa mais natural do mundo, e se por vezes tinham de tapar o nariz, isso era apenas a prova cabal de que já não podiam ir aonde quisessem, que tinham de procurar o taberneiro Ebert. Caso contrário, perderiam seus postos e pensões. Ouvi dizer que um industrial do Vale do Ruhr, um conhecido pangermanista, ousou rebelar-se. Ebert pediu-lhe polida mas firmemente que se sentasse numa cadeira; fez-se então erguer por dois social-democratas e meteu os pés na nuca do industrial. Nesse ponto, os membros da elite perceberam a necessidade de um movimento popular que os apoiasse, senão a coisa não funcionaria. Hábeis operações conduziram-nos a seu objetivo. Primeiramente, por meio da inflação, espoliaram a classe média até arruiná-la. Os camponeses foram arruinados por uma política tarifária e alfandegária que privilegiava os Junkers[71] da Prússia Oriental. Os distintos cavalheiros buscaram dinheiro nos bancos estrangeiros e racionalizaram o trabalho em suas fábricas, de modo que elas passaram a funcionar com um número muito menor de empregados, e assim uma grande parte do operariado foi levado à mendicância. Contando com a classe média, os camponeses e os trabalhadores arruinados, os cavalheiros criaram o movimento popular nacional-socialista com que puderam tramar confortavelmente uma nova guerra. Tudo se passou sem que a ordem interna fosse perturbada. Ela foi garantida pelo novo exército de mercenários,[72] admitido desde o início pelos aliados para lutar contra o inimigo interno.

---

dada. Nos anos de 1919 a 1923, reprimiu com extrema violência o movimento revolucionário.

[71] Aristocratas rurais da Prússia.

[72] Além de tropas regulares do exército, unidades paramilitares e mercenárias foram empregadas para reprimir a revolução de 1918-1919,

ZIFFEL

Não obstante, era uma democracia, embora os democratas fossem excessivamente generosos. Não compreenderam o que significava a democracia, quero dizer, em sua tradução literal de poder popular.

KALLE

A palavra "povo" é uma palavra peculiar, já notou? Vista de fora, adquire uma conotação totalmente diferente daquela que costuma ter internamente. Diante dos outros povos, os grandes industriais, os Junkers e os altos funcionários, os generais e os bispos etc. pertencem evidentemente ao povo alemão e a nenhum outro. Mas internamente, quanto se trata de exercer seu domínio, você ouvirá esses senhores referindo-se ao povo como a "massa" ou a "ralé" etc. Eles mesmos não se pretendem parte do povo. Este, aliás, faria melhor se falasse também desse modo, apartando de si os senhores. A palavra "poder popular" ganharia então um sentido bastante razoável. Isso você tem de admitir.

ZIFFEL

Mas isso não seria um poder popular democrático, seria um ditatorial.

KALLE

É verdade, seria uma ditadura de novecentos e noventa e nove homens sobre o milésimo.

ZIFFEL

Isso tudo seria belo e justo, caso não implicasse o comunismo. Você há de concordar que o comunismo suprime a liberdade individual.

---

bem como uma série de revoltas populares subsequentes. Esses grupos constituíram o núcleo original das SA nazistas.

KALLE

Você se sente particularmente livre?

ZIFFEL

Particularmente não, já que me pergunta. Mas por que deveria eu trocar a falta de liberdade no capitalismo pela falta de liberdade no comunismo? Você parece admitir a realidade desta última falta.

KALLE

Sem dúvida. Não prometo nada. Ninguém que detenha o poder é totalmente livre, nem mesmo o povo. Os capitalistas também não são inteiramente livres, certo? Não são livres para empossar um presidente comunista. Também não são livres para produzir tantos ternos quantos sejam necessários para vestir as pessoas, mas apenas tantos quantos possam ser vendidos. No comunismo, por sua vez, estão proibidos de explorar os outros. Essa liberdade foi abolida.

ZIFFEL

Vou lhe dizer uma coisa: o povo assume o poder apenas nas situações extremas. Assim se passa porque o homem pensa apenas quando se vê em situações extremas, quando está com a água no pescoço e receia o caos.

KALLE

Temendo o caos, terminarão por se acocorar no porão de uma casa bombardeada, com soldados armados da SS a seu encalço.

ZIFFEL

Não terão nada no estômago e não poderão sair para enterrar seus filhos, mas haverá ordem e eles quase não terão de pensar.

Ziffel empertigou-se. Seu interesse, que diminuíra durante a exposição política de Kalle, despertou-se novamente.

ZIFFEL

Não fique com a falsa impressão de que falo mal das pessoas. Faço exatamente o contrário. O pensamento arguto é doloroso. O homem inteligente evita-o sempre que pode. Não é possível viver sustentando um tal grau de astúcia como o que pude observar em certos países que conheço. Não da maneira que desejo.

Aflito, Ziffel esvaziou o copo. Pouco depois, os dois separaram-se e afastaram-se, tomando cada qual o rumo de sua casa.

15

O pensamento como prazer/
Sobre os prazeres/ Crítica verbal/
A burguesia é destituída de senso histórico

KALLE

Fico curioso ao observar em você, um intelectual, tamanha antipatia pelo dever de pensar, levando em conta que você não faz objeções à sua profissão, pelo contrário.

ZIFFEL

Não faço objeções, a não ser pelo fato de ela ser uma profissão.

KALLE

Esse é o desenvolvimento moderno. Surgiu uma casta inteira, a dos intelectuais, que deve se ocupar do pensamento e que é treinada exclusivamente para isso. Eles têm de alienar suas cabeças aos empresários, como nós o fazemos com nossas mãos. Naturalmente, têm a impressão de que pensam para a coletividade. É como se disséssemos que fabricamos automóveis para o bem da coletividade, algo que não pensamos, pois sabemos que os fabricamos no interesse dos empresários, e aos diabos com a coletividade!

ZIFFEL

Você quer dizer que penso apenas em mim mesmo, na medida em que penso na maneira de vender aquilo que penso, e que aquilo que penso não atende aos meus interesses, ou seja, não atende aos interesses da coletividade?

KALLE

Exatamente.

ZIFFEL

Li em algum lugar que, nos Estados Unidos, onde o desenvolvimento está em estágio mais avançado, os pensamentos em geral são considerados uma mercadoria. Li num destacado jornal: "A principal missão do presidente é vender a guerra ao Congresso e ao país". A ideia implícita era a de o país entrar na guerra. Nas discussões sobre questões científicas ou artísticas, quando alguém concorda com um ponto de vista, diz: "compro sua ideia". O verbo "convencer" é substituído simplesmente pelo verbo "vender".

KALLE

Nessas circunstâncias, essas pessoas se tornam facilmente avessas ao pensamento. O pensamento deixa de ser um prazer.

ZIFFEL

Seja como for, ambos acreditamos que a ânsia pelo prazer seja uma das maiores virtudes. Há algo de podre num lugar onde ela enfrenta obstáculos ou é difamada.

KALLE

O prazer de pensar, como se disse, está sensivelmente prejudicado. E os demais prazeres já foram completamente eliminados. Primeiramente porque são dispendiosos. Você paga para contemplar uma paisagem; uma bela vista é uma mina de ouro. Você paga até mesmo para cagar, pois o uso do banheiro é cobrado. Em Estocolmo, conheci um sujeito que me visitava regularmente. Eu pensava que ele vinha por gostar de conversar comigo, mas vinha mesmo por causa do banheiro. O do lugar onde morava era desalentador.

ZIFFEL

Villon, o poeta francês, escreveu uma canção de lamento sobre a má sorte de não poder se alimentar decentemente, pois uma refeição farta incapacitava-o para o amor. Já não pensava mais no prazer da comida.

KALLE

Lembremos ainda do ato de presentear, desde o gesto de hospitalidade até a procura de um canivete para o filho pequeno. Ou, então, pensemos numa ida ao cinema. Lá você se diverte com aquilo que não proporcionou nenhuma diversão àqueles que fizeram o filme. Decisivo é o seguinte: a vida dos prazeres está completamente apartada do restante da vida. Ela é apenas a pausa necessária para você, em seguida, retornar às suas atividades, que não lhe dão nenhum prazer. Você é pago tão somente para fazer aquilo que não lhe dá prazer. Certa vez, uma prostituta queixou-se para mim de um cavalheiro comprometido, um noivo, que não quis pagar por seus serviços porque ela, distraidamente, dera um suspiro de prazer. Ela me perguntou como seria no comunismo. Mas nos desviamos de nosso tema.

ZIFFEL

É com satisfação que ouço isso. Não somos empregados para produzir alguma coisa. Não precisamos fabricar apenas chapéus ou isqueiros. Podemos pensar naquilo em que devemos pensar, ou seja, naquilo em que estamos em condições de pensar. Nossos pensamentos são como a cerveja gratuita. De resto, não quero ser mal compreendido, já que não sou governo e, portanto, não tiro proveito disso. O que acabo de dizer não é contrário ao pensamento, mesmo que tenha soado assim. Sou aquele sujeito que o Dr. Goebbels chama de besta intelectual. Sou contra uma sociedade onde uma pessoa não pode se manter viva sem ter de se entregar a gigantescas operações de pensamento, ou seja, sou contrário a uma sociedade como a desejada pelo Dr. Goebbels, que resolve a questão proibindo o pensamento.

KALLE

Faço reparos à ideia de que Hitler seja um idiota. Ela sugere que ele deixaria de existir assim que começasse a pensar.

ZIFFEL

Aí tem coisa. Não é apenas na Alemanha de Hitler que existe uma reserva natural de proteção do pensamento que veda sua perseguição. Lá, por assim dizer, apenas eletrificaram a cerca de arame farpado. Trata-se de preguiça mental dizer que o discurso de Hitler diante dos industriais renanos em 1932 tenha sido uma peça desprovida de inteligência.[73] Os artigos e as falas dos liberais contrários ao discurso foram pueris. Hitler pelo menos sabe que não pode haver capitalismo sem guerra, algo que os liberais não sabem. Exemplo disso é a literatura alemã, que, segundo Kraus,[74] entrou em decadência com Mann[75] e Mehring.[76]

---

[73] Em janeiro de 1932, Hitler proferiu em Düsseldorf um longo discurso diante de uma numerosa plateia de empresários alemães, gesto que selou a definitiva aproximação do grande capital com o nazismo.

[74] Karl Kraus (1874-1936), escritor austríaco. Em 1934, escreveu um ensaio explicando os motivos da não publicação de *Die dritte Walpurgisnacht* (*A terceira noite de Walpurgis*), monumental libelo antinazista. Citando nominalmente Thomas Mann e Walter Mehring, Kraus afirmou que os intelectuais alemães haviam falhado no combate ao fascismo.

[75] Thomas Mann (1875-1955), escritor alemão. Depois de renunciar a uma postura política inicial reacionária, defendeu sistematicamente a democracia alemã diante dos ataques da direita nacionalista. Durante o exílio, proferiu contundentes discursos contra a ditadura nazista.

[76] Walter Mehring (1896-1981), escritor alemão, autor de *Müller. Chronik einer deutschen Sippe von Tacitus bis Hitler* (*Müller. Crônica de uma estirpe alemã, de Tácito a Hitler*), romance antinazista publicado em 1935, na Áustria. Em *Die verlorene Bibliothek* (*A biblioteca perdida*),

KALLE

Continuam achando que podem contar com um açougueiro, desde que, pelas leis, o abate seja proibido.

ZIFFEL

Esse é um terreno magnífico para uma pessoa que gosta de humor. Está claro para você que os cartéis são a melhor solução para a árdua questão de conjugar a livre concorrência com a ausência de anarquia? E naturalmente as tentativas dos cartéis de estabelecer uma ordem internacional conduzem a guerras internacionais. As guerras não passam de tentativas de obtenção da paz.

KALLE

A Segunda Guerra Mundial irrompeu antes que aparecesse uma obra histórica, uma só que fosse, sobre a Primeira.

ZIFFEL

O verbo "irromper" diz tudo. Ele é empregado principalmente quando nos referimos a uma peste, e seu sentido reside na ideia de que ninguém a preparou e de que ninguém pôde impedi-la. E hoje, associado à fome na Índia, tem um sentido completamente equivocado, pois essa fome foi simplesmente promovida por especuladores.

KALLE

O verbo é também usado em referência ao amor. Às vezes, com propriedade. Em relação à mulher de um amigo meu as coisas se passaram do seguinte modo: ao desembarcarem de um trem em certo lugar, ela e um passageiro foram a um mesmo hotel, e ela, para fazer economia, dividiu um quarto com ele. E então o amor irrompeu entre os dois; ela nada pô-

---

obra de cunho autobiográfico escrita durante o exílio americano, Mehring trata da esterilidade da literatura alemã em face da barbárie nazista.

de fazer para evitá-lo. De resto, a maior parte dos casais dorme na mesma cama sem que o amor irrompa todas as noites. Ouço dizer que as guerras irrompem quando um Estado — e talvez também seus aliados — é particularmente belicoso, ou seja, quando pende para a violência. No entanto, já refleti várias vezes sobre a ocorrência de uma inundação. Geralmente, o rio é tido por "impetuoso", e seu leito, com suas faxinas[77] e muradas de cimento, por totalmente "pacífico"; e então o rio desce com força e tudo devasta, tornando-se evidentemente o culpado. Ele poderá até mesmo exclamar bem alto que choveu torrencialmente nas montanhas, que toda a água despencou sobre ele e que não pôde mais se conter nos limites do leito.

ZIFFEL

O verbo "suportar" também é característico. Dizer que "não suporto mais minha ração de pão" não implica uma declarada beligerância em relação ao pão. Mas, ao dizer que "não suporto mais você", crio uma situação de conflito. O mais das vezes trata-se apenas de pedir algo cuja falta seja insuportável. Que sentido haveria se cada um de nós exclamasse que o outro é mau caráter e insuportável? Voltando à historiografia: não temos nenhuma. Na Suécia, li as memórias de Barras.[78] Ele era jacobino e se tornou membro do Diretório depois de contribuir para o afastamento de Robespierre.[79] Suas memórias foram escritas num estilo surpreendentemente histórico. Quando trata de sua revolução, a bur-

---

[77] Faxina: feixes de ramos ou de paus, nesse caso utilizados para prevenir a erosão das margens do rio.

[78] Paul de Barras (1755-1829), político francês e membro do Diretório, participou da derrubada de Robespierre, em 1794.

[79] Maximilien de Robespierre (1758-1794), advogado e político francês do partido dos jacobinos, figura central da fase inicial da Revolução Francesa e protagonista do chamado "regime do grande terror".

guesia escreve num estilo verdadeiramente histórico, mas não quando trata do restante de sua política e de suas guerras. Sua política é a continuação de seus negócios por outra via, e ela não gosta de tratar de seus negócios em público. Assim, a burguesia fica absolutamente perplexa quando, por vezes, a política descamba para a guerra. Os burgueses são bastante contrários a ela. A burguesia vem conduzindo as maiores e mais abrangentes guerras da história, embora seja genuinamente pacifista. Como um beberrão erguendo sua garrafa, ao entrar em guerra todos os governos declaram que ela será definitivamente a última.

KALLE

Pensando bem, os Estados mais novos são de fato os mais nobres e mais sutis na condução dos grandes conflitos. No passado, sempre houve esta ou aquela guerra, conduzida pela ganância. Isso acabou. Hoje, quando um Estado deseja se apropriar do celeiro de outro país, diz indignado que se vê obrigado a isso porque nesse outro país os proprietários são desonestos e seus ministros desposam éguas, costume que degrada o gênero humano. Em suma, nenhum dos Estados aprova seus reais motivos para iniciar uma guerra. Antes, abomina-os e procura por outros, mais razoáveis. A única nação deselegante é a União Soviética, que, para ocupar a Polônia, tal como havia acordado com os nazistas, não alegou nenhum motivo apropriado, e assim o mundo teve de supor que ela agiu apenas em virtude de sua segurança militar, ou seja, movida por motivos vulgares e egoístas.

ZIFFEL

Espero que você rejeite a ordinária opinião de que, na primeira guerra finlandesa, os ingleses estiveram à beira da intervenção apenas por causa das minas de níquel que lá possuem, quer dizer, que alguns deles possuem, e não por causa da afeição que nutrem pelas nações pequenas.

KALLE

Grato pela advertência. Estive a ponto de dizer isso, mas é claro que, por ser vulgar, abstenho-me de dizê-lo. Um motivo particularmente torpe é o melhor que há para se cometer um crime, pois imediatamente se atribuirá ao criminoso o mais nobre dos motivos, sendo que um motivo excessivamente torpe não seria possível. Em Hannover, um ladrão e assassino foi absolvido depois de confessar que fizera picadinho de uma professora de quem roubara um marco e meio para se embriagar. Os jurados não deram crédito à história, contada por ele a conselho do advogado. Era demasiado bruta. Aceitamos de bom grado os motivos nobres para as guerras modernas porque os reais, que poderíamos eventualmente conceber, são simplesmente obscenos.

ZIFFEL

Caro amigo, ao simplificar a história desse modo, você está prestando, mesmo sem o saber, um desserviço à assim chamada concepção materialista da história. Os capitalistas não são meramente ladrões, até mesmo porque os ladrões não são exatamente capitalistas.

KALLE

Isso é verdade; as coisas são simplificadas dessa maneira porque também os capitalistas são flagrados com a mão nos despojos.

ZIFFEL

É incorreto dizer despojos. Na melhor das hipóteses você pode dizer rendimentos,[80] e estes, como bem sabe, são uma coisa totalmente distinta.

---

[80] No original, há um trocadilho entre os termos *Beute* (despojos) e *Ausbeute* (rendimentos).

KALLE

O chato é que o termo "rendimentos" não aparece no catecismo, e em nenhuma parte adquire a conotação de "imoral" ou "brutal".

ZIFFEL

Senhor Winter,[81] está ficando tarde.

E assim ergueram-se, separaram-se e afastaram-se, tomando cada qual o rumo de sua casa.

---

[81] Apenas nesta passagem, Ziffel chama Kalle por esse nome.

16
Sobre as raças superiores /
Sobre a dominação do mundo[82]

A organização de um estabelecimento para a eliminação de percevejos consumiu bastante tempo, pois era preciso importar os gases, e os dois não foram autorizados a fazer o câmbio para a compra em moeda estrangeira. Sem embargo, mantiveram os encontros no restaurante da estação ferroviária e falavam frequentemente da Alemanha, que, naquelas semanas, reivindicava a hegemonia mundial de maneira cada vez mais ruidosa.

ZIFFEL

A ideia de raça é a tentativa do pequeno-burguês de se nobilitar. De um só golpe ele adquire antepassados, podendo mirar à sua volta com olhar superior. Com isso, nós, alemães, obtemos uma espécie de história. Enquanto não fomos uma nação, ao menos pudemos ser uma raça. Em si mesma, a pequena burguesia não é mais imperialista do que a grande burguesia. Por que seria afinal? Mas tem má consciência e precisa de uma desculpa para seus abusos. Não gosta de dar uma cotovelada na barriga de alguém se isso não é um direito seu. O que a deixa feliz é ter de chutar alguém por obrigação. A indústria precisa de um mercado, mesmo que à custa de sangue. E o petróleo é mais espesso que o sangue. Mas não é

---

[82] De acordo com o editor alemão, o trecho que segue, sem numeração no original, integra a fase inicial (finlandesa) de preparação do texto, estando originalmente vinculado ao diálogo 12 (aqui 14).

possível fazer a guerra apenas por causa de um mercado; isso seria leviano. É preciso fazê-la porque se é uma raça superior. Começamos por trazer os alemães para o Reich, e em seguida trouxemos também os dinamarqueses, holandeses e poloneses.[83] Com isso, nós os protegemos. Eles contam com bons senhores, para seu próprio bem.

KALLE

O problema para os alemães é produzir uma quantidade suficiente de homens superiores. Certa vez, no campo de concentração, o comandante nos fez trotar três horas seguidas no pátio das barracas e flexionar os joelhos duzentas vezes. Em seguida, formamos duas fileiras, e ele discursou. Gritou com sua voz esganiçada que nós, alemães, éramos um povo superior. "Vou atormentá-los, seus patifes, e fazer de vocês os representantes de uma raça superior que pode se apresentar ao mundo sem se envergonhar. Como querem alcançar o domínio mundial sendo os molengões e pacifistas que são? A indolência e o pacifismo nós deixamos para as raças escuras do ocidente. Racialmente, cada alemão é tão superior a essa canalha quanto o abeto é superior ao cogumelo. Vou polir seus colhões até que entendam isso e me agradeçam de joelhos por ter, a mando do *Führer*, transformado vocês em naturezas superiores!

ZIFFEL

Como reagiu a essa exigência imoral?

KALLE

Não me comportei como esperavam, mas também não me atrevi a afrontar abertamente a busca pelo domínio mundial. Espancaram-me, e depois o comandante chegou a falar

---

[83] Os primeiros estrangeiros levados à Alemanha e submetidos a trabalhos forçados.

a sós comigo. Parecia exausto, pois estava de estômago vazio e já havia presenciado duas sessões de açoite, sentado num sofá de crina de cavalo, enquanto acariciava seu são-bernardo. "Veja", disse pensativo, "você tem de conquistá-lo, o domínio mundial. Não lhe resta alternativa. Na política externa sucede o mesmo que antes sucedia na política interna. Tome *meu exemplo*! Eu trabalhava no setor de seguros. Um dos diretores era judeu. Pôs-me na rua sob o pretexto de que eu não gerava apólices para a empresa e que embolsava alguns prêmios indevidamente. Não me restou mais nada a fazer senão ingressar num partido que lutava pelo controle do Estado. Ou então, se minha história não lhe bastar, pense no próprio *Führer*! Pouco antes de tomar o poder, estava completamente falido. Não tinha onde cair morto. A única ocupação que lhe restou foi a de ditador. E pense na Alemanha! Quebrada! Uma indústria colossal, sem mercados e sem matérias-primas! Sua última chance: o domínio mundial! Considere as coisas desse ponto de vista!"

ZIFFEL

Apenas agindo com rigor ilimitado é que darão conta do recado. Com rigor, podem transformar um covarde num monstro. Em princípio, você pode bombardear e arrasar a maior cidade do mundo empregando apenas funcionários subalternos, que tremem de medo quando se dirigem ao chefe da subseção. Trata-se de problemas técnicos. Os soldados são metidos em veículos motorizados e lançados na direção do inimigo, e esses veículos correm numa tal velocidade que nenhum de seus tripulantes ousa saltar para fora. Outros são socados num avião de transporte e despejados em meio às tropas inimigas, onde se defendem como podem para salvar a própria pele. Muitos são arremessados como verdadeiras bombas vivas. Um exército inteiro foi escondido nos porões de navios cargueiros e transportado para um litoral distante, onde foi desembarcado e submetido a ataques dos nativos, que, sem embargo, foram colhidos de surpresa. Dois continentes empalideceram pela intrepidez desses soldados, mas, ainda que esse destemor se convertesse em medo, essas terras teriam motivos de sobra para empalidecer. Para isso, concorre também o treinamento militar baseado em preceitos científicos. O homem, mesmo o mais sensato, pode ser submetido a uma tal carga disciplinar que o ato heroico lhe parecerá a coisa mais natural deste mundo. Torna-se herói automaticamente. Teria de reunir todas as suas forças para se comportar de modo diferente, sem heroísmo, e conjurar toda a sua fantasia para conceber algo distinto de um ato heroico. A propaganda, as ameaças e o exemplo fazem de cada um, quase sem exceção, um herói, despojando-o da própria vontade. Certa vez, bem no início da grande época,[84] vi o zelador de meu prédio comportar-se como o governador-geral que administra um país inimigo. Vi o repórter esportivo de um jornal obscuro agir como um grande depositário da cultura, e um vendedor de charutos, como um capitão de indústria. Alguns criminosos, que até então haviam agido de modo muito tímido e evitavam fazer alarde, que assaltavam residências, de preferência sob o manto da noite, agora praticam suas ações abertamente, à luz do dia, e tratam de garantir que seus feitos sejam reportados nos jornais. Com uma pitada de especiarias, são capazes de adulterar a massa, modificando-lhe completamente o sabor. Assim, tudo o que havíamos visto assumiu um novo caráter, de feições ameaçadoras. De início apenas alguns ameaçavam uns poucos, mas então alguns passaram a ameaçar todos os demais e, por fim, todos se ameaçavam mutuamente. As pessoas dormiam à noite com o pensamento posto nas ameaças a que haviam sido submetidas durante o dia e também nas ameaças que poderiam elas mesmas fazer no dia seguinte.

---

[84] Referência irônica ao nazismo.

KALLE

Em pouco tempo, intimidaram-se a tal ponto que se contava a seguinte história: um estrangeiro visita um parceiro de negócios. Entra em seu escritório e logo pergunta: "Como vão as coisas sob o novo regime?". O parceiro empalidece, murmura algo incompreensível, apanha o chapéu e leva o amigo até a porta. Este espera ouvir alguma coisa na rua, mas seu acompanhante olha acanhado para os lados e entra com ele num restaurante onde escolhe uma mesa num canto afastado dos outros fregueses. Depois de pedirem conhaque, o estrangeiro refaz a pergunta, mas o alemão mira desconfiado para o abajur da mesa, dotado de uma ampla base de bronze. Pagam a conta, e o alemão conduz o amigo até seu apartamento de solteiro, levando-o diretamente ao banheiro. Abre uma torneira para produzir bastante ruído e lhe diz num tom ainda audível a curta distância: "Estamos felizes".

ZIFFEL

Sem uma polícia forte e uma vigilância constante, você não faz de um povo uma raça superior. O povo recai sempre na situação pregressa. Por sorte, o Estado está em condições de exercer alguma pressão. Não se vê obrigado a garantir comida para as pessoas; por vezes, basta dar-lhes um murro na boca. A conquista do mundo começa pelo espírito de sacrifício; é ele que sustém ou derruba a ordem geral. As únicas criaturas que não têm espírito de sacrifício são os tanques, os Stukas e os motores, pois não aceitam a sede e a fome, e se recusam a ouvir qualquer argumento razoável. Nenhuma propaganda é capaz de convencê-los a trabalhar em jejum. Nenhuma promessa de paraíso futuro, com oceanos de gasolina, leva-os a prosseguir na luta, se não recebem o combustível. São surdos à proclamação de que o país estará perdido, caso não perseverem. De que adianta lembrá-los de um passado glorioso? Não confiam no *Führer* nem temem sua polícia. Nenhum SS rompe sua greve, e entram em greve assim que lhes falta a ração. Por si mesma, a alegria não lhes confere força. Têm de ser azeitados continuamente. O povo tem de fazer sacrifícios extras para que nada lhes falte. Se são negligenciados, não demonstram rancor, mas tampouco compreensão; exibem apenas ferrugem. Em nosso país, tais criaturas são as que enfrentam os menores obstáculos para manter a dignidade.

KALLE

O alemão tem um passado infeliz e por isso desenvolveu uma obediência singular. Obedece também quando querem torná-lo um homem superior. Você pode gritar: "flexione os joelhos!" ou "olhe à direita!" ou ainda "domine o mundo!" — ele sempre tentará cumprir a ordem. Acima de tudo, é preciso ensinar-lhe o que é e o que não é um alemão. O solo e o sangue são evocados. Apenas um alemão pode derramar o sangue pelo *Führer* e apenas um alemão pode furtar o solo a outro alemão. O prisioneiro do campo de concentração e seu algoz têm o mesmo sangue, e por se originarem do mesmo solo apresentam o mesmo temperamento. Fui sempre avesso aos laços de sangue, da mesma maneira que a qualquer coisa que me prendesse. Gosto de ter as mãos livres. É verdade que não podemos escolher o próprio pai, e por essa razão ele pode nos açoitar com seu cinto. Se pudéssemos escolher outro pai, à mesa ele não mastigaria a comida fazendo barulho.

ZIFFEL

É claro que uma pessoa será levada a mal, caso rompa todos os laços, os mais sagrados inclusive.

KALLE

Como poderia *eu* rompê-los? Os capitalistas dizimaram a família. E o laço que me unia a meu país foi rompido pelo "Como-É-Mesmo-Que-Se-Chama?". Não sou mais egoísta do que os outros, mas não me submeto à missão de dominar o mundo. Nesse ponto, sou inflexível. Para tanto, não possuo o ilimitado espírito de sacrifício.

Em seguida, discutiram por algum tempo a erradicação dos parasitas, separaram-se e afastaram-se, tomando cada qual o rumo de sua casa.

17
Uma invenção de duas cabeças descansadas: a escrita de Ziffel e Kalle[85]

Quando Ziffel e Kalle se encontraram novamente, chegara a Helsinque a notícia de que duas divisões motorizadas nazistas haviam entrado na Finlândia. Sua notável superioridade perturbava os amigos, que iniciaram então uma conversa de índole mais ligeira.

ZIFFEL

Andei pensando se não seria possível superar a enorme imprecisão de certas palavras por meio de uma nova forma de escrita. Seria uma escrita ideográfica, segundo o modelo chinês. Tendo as cabeças bem descansadas, poderíamos estabelecer suas bases.

KALLE

Por hora, acho que não haveria nada mais prático a fazer. Como escreveria HOMEM, por exemplo?

ZIFFEL

Em princípio seria bastante simples. Tomemos um homem, mais ou menos assim:

---

[85] Os ideogramas 1, 2, 10 e 11, ausentes da edição de 1995, foram aqui reinseridos conforme a edição de 1967 da Suhrkamp. (N. da E.)

É preciso apenas eliminar a imprecisão predominante em frases como esta: "acercou-se dele com humanidade". Com esses termos não podemos pensar, por exemplo, num assassinato. Determinemos, portanto, que o mesmo símbolo será válido para SOLÍCITO. Um homem mau será escrito da seguinte maneira:

Um homem sem braços. Entenda bem, aquele que escreve deve estar comprometido. Não pode empregar a escrita de maneira a nos deixar confusos.

KALLE

De acordo. Os homens mais solícitos são os trabalhadores. Proponho o seguinte símbolo:

Significa: aquele que dá a mão, que a aluga para terceiros.

ZIFFEL

Como se escreveriam então os artigos de saudação aos ministros ou os necrológios dos capitães de indústria, vale dizer, como se escreveria "Krupp foi um grande trabalhador"?

KALLE

Não dá para escrever. Você faz alguma objeção?

ZIFFEL

Não. Eis o símbolo para TRABALHADOR:

Você gostaria de reservá-lo para uso numa época futura? Está bem, assim nossa escrita terá uma possibilidade de desenvolvimento.

KALLE

Incorreremos em dificuldades apenas se tivermos de escrever CAPITALISTA. O lógico seria:

Mas isso é impossível, pois teria de ser escrito *assim*:

ZIFFEL
Proposta:

KALLE
Boa ideia! Temos de achar algo para DOMINAR. É uma palavra importante.

ZIFFEL
Deveras. Mas, para DOMINAR, fica você o responsável.

KALLE
Algo como isso?

O traseiro sentado na cabeça.

ZIFFEL
Vulgar.

KALLE
DOMINAR é algo vulgar.

ZIFFEL
Não ficará mal se for empregado para as doutrinas dominantes. DOUTRINA eu expressaria na forma do quadro-negro, utilizável apenas se trouxer o ano assinalado.

Sem a data, o mesmo símbolo significaria VERDADE ETERNA, e poderíamos empregá-lo simultaneamente para FRAUDE INTELECTUAL. Mas teríamos também de ter um símbolo para ADMINISTRAR. DOMINAR e ADMINISTRAR são constantemente equiparados para confundir.

KALLE
De maneira nenhuma alguém poderá esboçar o termo ADMINISTRAR sem antes reconhecer as diferenças entre ADMINISTRAR BEM e ADMINISTRAR MAL, como na frase "decidiram administrar a universidade ou a fábrica".

ZIFFEL
Tomemos o simples traçado de uma linha como símbolo fundamental para ADMINISTRAR. Teremos então SIMPLIFICAR e ABREVIAR para ADMINISTRAR BEM:

E, para ADMINISTRAR MAL, prolongamos e complicamos a linha:

GOVERNAR é comparável a REGULAR O CURSO DO RIO, necessário sobretudo nos velhos tempos e ditado por funcionários públicos. Tem dois símbolos. Um deles refere-se a GOVERNAR BEM:

O curso do rio é abreviado, a navegação torna-se mais fácil, aumenta a força do rio. A conservação requer menos gente. O segundo símbolo refere-se a GOVERNAR MAL:

O curso do rio é estendido, a navegação torna-se penosa, diminui a força do rio. A conservação requer mais gente.
DOMINAR é SENTAR-SE COM O TRASEIRO NUMA CABEÇA. Tem um único símbolo:

TRABALHADOR tem o símbolo da MÃO SEPARADA DO BRAÇO, pois, para viver, o trabalhador arrenda sua mão.

OUVIR, VER e LER são representados por uma MÃO ABERTA.
Mas aí comparecem dois símbolos.

Um deles significa OUVIR BEM, VER BEM E LER COM PROVEITO, ou seja, COMPREENDER, e está depositado na mão:

O segundo símbolo significa OUVIR DE MODO IMPRECISO, VER DE RELANCE, LER POR ALTO, e assim não há nada depositado na mão:

A PRIMAVERA é representada pela ASA DE UM PÁSSARO ou por uma PLANTA QUE SE PROJETA DO SOLO. É um símbolo da produção que se libera:

A REVOLUÇÃO é representada pelo símbolo ampliado da PRIMAVERA, ou seja, da produção que se libera, conjugado com o símbolo da COMPREENSÃO, da mão aberta:

18
Ziffel explica seu desprezo
por todas as virtudes[86]

O outono chegou trazendo chuva e frio. A doce França jazia prostrada. Os povos rastejavam por sob a terra. Ziffel estava sentado no restaurante da estação ferroviária de H. e destacou um cupom de seu talão de racionamento.

ZIFFEL

Kalle, Kalle, que faremos nós, pobres-diabos? Por toda parte, exigem de nós um comportamento sobre-humano. Onde iremos parar? Não se trata de um ou dois povos vivenciando uma nova época. Esse novo tempo alcança irresistivelmente todos os povos, nenhum deles escapa. Alguns podem imaginar que não estão comprometidos com uma grande época e que tal sorte cabe a outros. É bobagem, podem tirar isso da cabeça. Em todo o continente avultam os feitos heroicos, as realizações do homem comum são cada vez mais gigantescas, a cada dia inventa-se uma nova virtude. Hoje, para se produzir um saco de farinha, é necessária a energia que antes se dispendia para cultivar o solo de uma província inteira. Para um sujeito saber se tem de fugir ainda hoje ou se pode fugir apenas amanhã, é necessária uma inteligência

---

[86] De acordo com o editor alemão, o trecho que segue integra a fase inicial (finlandesa) de preparação do texto, vinculando-se originalmente ao diálogo anterior.

com que, há algumas décadas, ele poderia criar uma obra imortal. É preciso ter uma coragem homérica para andar na rua e a renúncia de um Buda para ser tolerado. É necessária a caridade de um São Francisco de Assis para se abster de cometer um assassínio. A terra tornou-se um paradeiro de heróis. Aonde vamos? Durante algum tempo pareceu que o mundo poderia se tornar habitável, e os homens respiraram aliviados. A vida ficou mais fácil. Surgiram o tear, a máquina a vapor, o automóvel, o avião, a cirurgia, a eletricidade, o rádio e a aminofenazona,[87] e o homem pôde se tornar mais preguiçoso, covarde, queixoso e epicurista. Em suma, mais feliz. Toda essa parafernália serviu para que cada indivíduo pudesse realizar todas as coisas. Contava-se então com pessoas absolutamente comuns, de mediana estatura. O que se fez de toda essa promissora evolução? Mais uma vez o mundo está repleto das mais desvairadas pretensões e exigências. Carecemos de um mundo em que possamos viver com um mínimo de inteligência, coragem, patriotismo, honradez, senso de justiça e assim por diante. E o que é que temos? Digo a você: estou farto de ser virtuoso, pois de nada vale a renúncia, se campeia uma desnecessária carestia, de nada serve a operosidade de uma abelha, se não há organização, tampouco vale a coragem, se meu governo me enreda nas guerras. Kalle, ser humano e amigo meu, fartei-me de todas as virtudes e me recuso a ser herói.

A garçonete apanhou o cupom de racionamento, fulaninho tomou a Grécia de assalto,[88] Roosevelt[89] embarcou na

---

[87] Medicamento antialérgico.

[88] As tropas de Mussolini invadiram a Grécia em outubro de 1940.

[89] Franklin Delano Roosevelt (1882-1945), advogado e político norte-americano. Em 1940, foi candidato na eleição que o conduziu a seu terceiro mandato presidencial.

campanha eleitoral, Churchill[90] e os peixes aguardam a invasão, o "Como-É-Mesmo-Que-Se-Chama?" enviou soldados à Romênia, e a União Soviética permanece calada.

---

[90] Winston Churchill (1874-1965), primeiro-ministro do Reino Unido, de 1940 a 1945 e de 1951 a 1955. Após a queda da França em 1940, a Inglaterra contava com a possibilidade de uma invasão alemã já no segundo semestre.

19
As palavras finais de Kalle/
Movimento vago

KALLE

Voltei a refletir sobre seu comovente apelo e sua contrariedade quanto ao heroísmo. Penso em contratá-lo. Arranjei um financiador para a abertura de meu estabelecimento de erradicação de percevejos, uma empresa de sociedade limitada.

ZIFFEL

Aceito o emprego, com uma expressão de dúvida.

KALLE

Quanto a seu ponto de vista: você disse estar à procura de um país onde haja uma situação em que virtudes tão exaustivas como o patriotismo, a sede de liberdade, a bondade e o altruísmo sejam tão pouco necessárias quanto estar cagando para a pátria, o servilismo, a brutalidade e o egoísmo. Tal situação é a do socialismo.

ZIFFEL

Desculpe, essa é uma reviravolta surpreendente.

Kalle levantou-se da mesa e ergueu sua xícara de café.

KALLE

Peço-lhe que se levante e brinde comigo ao socialismo, mas sem fazer alarde. Ao mesmo tempo, chamo a sua atenção para o fato de que para atingir esse objetivo é preciso contar com uma série de coisas: extrema coragem, profunda sede de liberdade, máximo altruísmo e máximo egoísmo.

ZIFFEL

Eu já imaginava.

Levantou-se portando sua xícara, e a mão que a segurava fez um movimento vago em que mal se notava a intenção de fazer um brinde.

Posfácio

Tercio Redondo

Na noite do dia 28 de fevereiro de 1933, o Parlamento alemão foi incendiado, e o Partido Nacional-Socialista, liderado por Hitler, passou a acusar os comunistas pelo evento. A data marcou a consolidação da tomada do poder pelos nazistas. Da mesma maneira que vários militantes, intelectuais e artistas, Bertolt Brecht fugiu no dia seguinte, escapando da prisão, tortura ou mesmo do assassinato, como comprovaram as semanas seguintes. Brecht só retornaria à Alemanha em fins de 1948, para uma Berlim já dividida pela Guerra Fria. Até chegar aos Estados Unidos, em 1941, viveu o exílio na Tchecoslováquia, Áustria, Suíça, França, Dinamarca, Suécia, Finlândia e União Soviética, sempre com os nazistas no seu encalço.

Em 1º de outubro de 1940, ele registrava a seguinte nota em seu diário de trabalho:

> "Lendo *Jacques, o fatalista*, de Diderot, percebi uma nova possibilidade de realizar o velho projeto em torno de Ziffel. A leitura de Kivi já me havia despertado para o modo de inserir diálogos no texto. Ademais, meu ouvido guarda ainda o tom de *Puntila*. Escrevi experimentalmente dois capítulos e chamei o conjunto de *Conversas de refugiados*."

Trata-se da menção mais antiga que se conhece do texto que temos em mãos e que viria a ser elaborado em distintas fases durante os longos anos da guerra. A primeira etapa do trabalho desenvolveu-se a partir desse momento e prosseguiu até o início do ano seguinte. Em 1942, já nos Estados Unidos, ocorreram acréscimos, e ainda em 1944 Brecht se debruçou novamente sobre o material, que, todavia, restou inconcluso. A despeito do avançado estágio de desenvolvimento do texto, percebem-se aqui e ali pequenos lapsos e deslizes que certamente seriam objeto de correção, caso a obra viesse a ser trabalhada pelo autor com vistas à publicação. No 15º capítulo, por exemplo, Kalle, o parceiro de Ziffel nas *Conversas*, é chamado de sr. Winter, abrindo-se aí uma única exceção à permanente omissão de seu nome no restante do texto, e no 13º capítulo Ziffel procura emprego como químico, em detrimento da condição de físico que ele ocupa do início ao fim da narrativa.

Estas *Conversas* constituem-se fundamentalmente de diálogos, mas cumpre ressaltar que não se trata do diálogo dramático. A interlocução dos dois protagonistas integra falas muitas vezes extensas, que se prestam de fato à leitura, revelando-se desde logo avessas ao ritmo próprio da encenação. Enunciadas no palco, não há meio de acompanhar-lhes o raciocínio complexo, mesmo que sejam proferidas com cadência muito generosa. O modelo inicial já indica seu caráter essencialmente épico. Tanto quanto *Jacques, o fatalista*, a história de Brecht é tributária de uma tradição dialógica distante do drama. Sua estrutura aproxima-a mais do procedimento platônico ou socrático de expor uma conversa cujo objetivo primeiro é a busca da verdade, obtida passo a passo pela superação de impasses. Não se trata aí de disputa retórica ou de esforço voltado para o mero convencimento do interlocutor, mas da vontade compartilhada de se desvendar a realidade, apostando-se no caminho de uma argumentação colaborativa.

Brecht, contudo, renova o procedimento dialógico ao empregar a dialética hegeliana, e o faz a partir de uma posição privilegiada. A vida no estrangeiro demandava do exilado um esforço de compreensão da realidade pessoal e coletiva que lhe conferia uma inusitada capacidade para a investigação do processo histórico, como assinala Ziffel, no 11º capítulo:

> "A melhor escola de dialética é a emigração. Os dialéticos mais argutos são os refugiados. Refugiaram-se por causa das transformações, e não estudam nada além das transformações. Dos menores indícios inferem os maiores acontecimentos, quer dizer, se têm juízo. Quando seus adversários triunfam, calculam os custos da vitória, e têm um olhar apurado para as contradições."

Atingido diretamente pela violência fascista, o emigrado vê-se na contingência de examiná-la obsessiva e detalhadamente, e o "olhar apurado para as contradições" compõe um instrumental que se torna imprescindível para sua sobrevivência. Mais do que pernas para correr, Kalle, o operário comunista, e Ziffel, o ex-pesquisador de um prestigioso centro de investigação científica, têm de desenvolver inúmeras habilidades, caso queiram obter algum sucesso na fuga que empreendem para salvar a própria pele. Ao abandonar a Alemanha os dois têm de abandonar também determinadas premissas e superar formulações políticas sustentadas então por muitos emigrados, mas que caducavam diante dos últimos acontecimentos, os quais faziam implodir as formas aparentemente mais estáveis da vida social. Como em diversos textos produzidos nessa época, a atenção de Brecht volta-se aqui ao papel cumprido pela intelectualidade alemã na avaliação do fascismo. Despojados das ferramentas necessárias para uma análise acurada de seu aparecimento, inúmeros escritores alemães compararam a ascensão nazista a uma catástrofe natural, vale dizer, a seu caráter de força bruta, imprevisível e incontrolável. Agindo assim, contentaram-se com a mera constatação da violência, sem se cobrarem explicações razoáveis para o fenômeno, do mesmo modo que aguardaram seu desenvolvimento ulterior na condição de espectadores impotentes. Mesmo escritores vinculados aos partidos socialista e comunista registraram muitas vezes apenas os resultados mais evidentes do assalto dos nazistas à cultura, sem antes se dedicarem à análise de suas causas. No Congresso de Escritores em Defesa da Cultura, ocorrido em junho de 1935, em Paris, Heinrich Mann vinculava a barbárie nazista ao rebaixamento intelectual de seus líderes:

> "Esses opressores jamais aprenderam a pensar, nota-se isso à primeira vista. [...] É obrigação dos intelectuais insurgirem-se com todas as forças, quando idiotas se lançam à dominação do mundo e à condição de censores. O pensamento e a ação não são tarefa para os tolos. Quem deve entrar em ação não são os irmãos de armas — que entregam o poder a reles fabricantes —, mas sujeitos dotados do mais alto conhecimento e de uma força espiritual incomparável. Apenas o espírito garante a necessária autoridade para a condução dos homens [...]."

Nada mais distante disso do que a proposta de Brecht, apresentada na mesma ocasião. Em primeiro lugar, ele apontava a inocuidade do gesto de acusar o regime hitlerista de estreiteza espiritual ou de estar promovendo a destruição da alta cultura alemã:

> "À advertência de que é bruto, o fascismo responde com a apologia da brutalidade. Acusado de ser fanático, responde com a apologia do fanatismo. Denunciado por ferir a razão, inicia solenemente o rito de sua condenação."

Desse ponto de vista, lutar contra o fascismo implicava em primeiro lugar a necessidade de elucidá-lo a partir de um estudo aprofundado, gesto que demandava a mobilização de disciplinas as mais variadas, a começar pela economia, que muitos escritores preferiam evitar, tamanho era o esforço requerido. É Ziffel mais uma vez quem adverte para as enormes dificuldades enfrentadas na tarefa de esclarecer os fundamentos da crise:

> "Toda a nossa existência depende da economia, e esta é uma coisa tão complicada que, para compreendê-la, precisamos de uma quantidade de inteligência que não existe! Os homens haviam criado uma economia que, para ser compreendida, carecia de super-homens!"

Essa zona de sombra, que recobria também o pensamento de esquerda, facilitava as coisas para a máquina de propaganda nazista, bem-sucedida no afã de abstrair as questões econômicas do debate público. Hitler e Goebbels, auxiliados pela imprensa burguesa, escamotearam efetivamente o acordo que o nacional-socialismo firmara com o grande capital, o qual identificava na guerra imperialista uma saída viável para a indústria alemã, potentíssima mas ociosa e necessitada de uma rápida ampliação de seus mercados consumidores.

Feita a advertência, Brecht dá um passo além, salientando — com Hegel ou, melhor dizendo, com seu Marx hegeliano — as contradições implicadas na observação do fenômeno social, e, para ilustrá-las, utiliza-se de uma imagem buscada no campo das ciências naturais. De acordo com Ziffel, "no mundo microscópico, não observamos a vida normal, mas uma vida perturbada por nossa própria observação", pois a "luz dos microscópios tem de ser tão forte que acaba por produzir aquecimentos e devastações no mundo dos átomos", de modo que, "enquanto estamos observando, ateamos fogo justamente àquilo que desejamos observar". É a maneira encontrada pelo físico para dizer que teoria e práxis estão irremediavelmente relacionadas no trabalho do pensador dialético, ao menos para aquele que "tem juízo", como já havia salientado a propósito do emigrado e seu esforço por compreender as transformações de seu tempo. Ainda de acordo com Ziffel, seria esse o motivo primeiro por que os "círculos bem-pensantes" evitam zelosamente as pesquisas no campo social. Não seria preciso lembrar que Brecht incluía no rol dessa gente "bem-pensante" uma boa parte da intelectualidade alemã progressista e de esquerda.

Não obstante o papel central que a crítica do fascismo alemão desempenha em seu livro, Brecht passa também em revista a situação nos países que a emigração forçada colocou em seu caminho. A breve estada na Suíça e na França, os anos passados na Dinamarca e, em seguida, o tempo despendido na Suécia e na Finlândia, já na reta final do exílio europeu, sucedido depois pelo período norte-americano iniciado em 1941 e encerrado em 1947: as principais estações da fuga são alvo de comentários mordazes e em grande medida lastreados em sua experiência pessoal, constantemente sujeita à luta pela obtenção de um visto de entrada ou de uma autorização para trabalhar, de modo a garantir o sustento da família. E a despeito das enormes diferenças geográficas, culturais e políticas que se observavam entre esses destinos provisórios, Brecht aponta-lhes um elemento de convergência: como sempre, tratava-se do fantasma do fascismo. Antes de caírem presas do exército alemão, diversas democracias europeias puderam preservar a vida parlamentar, as eleições livres e o estatuto das liberdades individuais. Contudo, além da ameaça externa representada pelo exército hitlerista, o germe do fascismo prosperava no seio das instituições democráticas burguesas e dava mostras de sua notável capacidade de convencimento e penetração em sociedades de longa tradição democrática. Vistas de perto, as liberdades civis cultivadas na Suíça estavam, na verdade, condicionadas por uma política de boa vizinhança com a temida Alemanha:

> "Na Suíça, se você disser contra o fascismo algo que vá além da ideia de que você não o aprecia — o que de resto nada significa —, será logo advertido: 'Essa convicção não pode ser expressa. Se for, nossa liberdade estará ameaçada, pois em seguida virão os alemães'."

Consideração análoga aparece ao se falar da Dinamarca, nação que, segundo o diálogo entre os dois exilados, seria dotada de uma proverbial inclinação para o bom humor. Os negócios realizados com os sujos nazistas do país vizinho haviam se tornado, como puderam constatar Ziffel e Kalle, objeto de uma piada nada lisonjeira sobre os alemães. Depois da invasão pelas tropas da *Wehrmacht*, porém, os dinamarqueses foram obrigados a encarar a superioridade do riso daqueles que riam por último. Nas *Conversas* as chamadas virtudes nacionais esfarelam-se uma a uma perante a nova realidade europeia e mundial, e é demolidora a sua crítica aos regimes democráticos que se acovardaram diante do avanço fascista.

O leitor que tiver alguma familiaridade com o restante da obra de Brecht perceberá nas *Conversas* o eco de inúmeros textos de seu teatro e sua lírica, além de sua prosa ficcional e ensaística. Os diálogos entre Ziffel e Kalle configuram um mosaico de citações que é surpreendente mesmo no caso de um autor cuja base para o trabalho literário foi o mais das vezes a colagem e a reelaboração permanente. Praticamente inexistem no livro temas que não tenham sido de alguma maneira tratados na obra pregressa. Sua novidade reside, entre outras coisas, no cultivo diligente de uma habilidade que se tornara característica no texto brechtiano: a capacidade de síntese, exercitada desde muito cedo pelo escritor, sobretudo na confecção do poema. A lírica de Brecht tende com frequência à forma lapidar, aprendida junto aos latinos. Hans Mayer, seu amigo e comentador, conta uma anedota que dá a medida dessa particularidade. Quando lhe disseram certa vez que em suas peças e poemas era recorrente o emprego do particípio presente e que esse estilo vinha sendo copiado por outros escritores, Brecht respondeu de pronto e do modo irônico que lhe era peculiar: "Só pode escrever assim aquele que tiver sido tão bom quanto eu nas aulas de latim". Não há como saber ao certo se o adolescente de Augsburg se destacou realmente como aluno das lições de Tácito, mas é notável a concisão do verso que resultou desse aprendizado, e o expediente logo escorregou para o domínio da prosa, como se nota amiúde nas *Conversas*. Diga-se também que a economia da frase constitui uma das maiores dificuldades enfrentadas na tradução do livro, pois a latinização do alemão brechtiano não pode ser transplantada sem mais para a estrutura sintática e lexical neolatina do português, carente das declinações que, na língua de Lutero, livram o texto de um sem-número de preposições. Seja como for, o estilo sintético e muitas vezes elíptico é elemento importante na transmutação para o plano literário de ideias tratadas de modo mais extenso na prosa ensaística ou de intervenção política, imprimindo-lhes frequentemente maior densidade e concretude.

O esforço de síntese deriva por fim no experimento iniciado por Ziffel e Kalle no 17º capítulo. À espera dos vistos que tardam a chegar, os dois resolvem dedicar-se ao jogo constitutivo de uma nova linguagem, cujas regras têm de ser ainda estabelecidas. Desse modo, cumprindo a missão destinada aos emigrados (a esses tipos que não sabem pensar noutra coisa que não sejam as transformações), entregam-se ambos a um exercício lúdico-dialético de reinvenção da gramática. Brecht, que havia muito se interessara pela cultura oriental e dialogava com a filosofia e o teatro chinês, propõe no diálogo uma espécie de apropriação da escrita ideográfica, construída agora a partir de necessidades que os dois exilados procuram antever em relação a uma sociedade emancipada. Nas poucas páginas do breve capítulo, figuram dezenove desenhos ou ideogramas criados com base nesse horizonte de expectativas, os quais, já em seus traços fundamentais, revelam-se extremamente sensíveis aos percalços que se interpõem eventualmente à trajetória revolucionária. É exatamente por isso que podem se tornar uma ferramenta valiosa na formação da consciência de classe. A nova escrita capta, por assim dizer, as contradições sociais, de tal modo que, por exemplo, a condição do capitalista e a do trabalhador não mais se confundem no texto. A frase "Krupp foi um grande trabalhador" torna-se inviável na nova concepção da linguagem, pois, tal como se constitui, o ideograma relativo à expressão "foi um trabalhador" exclui em seu eixo fundamental a possibilidade de ser modificado para acolher a ideia de um capitalista.

Como se vê, estas *Conversas de refugiados* constituem um texto importante no âmbito da experimentação brechtiana, observando-se nelas um regime de inusitada capilaridade com o restante da obra para apresentar um documento-síntese das principais preocupações do escritor exilado durante os anos do horror nazista. É certo que chegam ao público brasileiro com bastante atraso, mas, diante do caos produzido pela voracidade capitalista contemporânea, reassumem prontamente seu valor original de atualidade e urgência. Que o digam, aliás, os milhões de refugiados que acodem hoje à Europa e a praticamente todas as partes deste admirável mundo globalizado.

Tabela de correspondência dos capítulos

Edição brasileira	Edição alemã de 1995	Edição alemã de 1967
1	1	1
2	2	2
3	3	3
4	4	4
5	5	5
6	6	6
7	7	7
8	s/n	8
9	8	9
10	9	10
11	10	11
12	11	12
13	12	13
14	12	14
15	13	15
16	13	16
17	14	anexo
18	14	17
19	15	anexo

Sobre o autor

Bertolt Brecht nasceu em Augsburg, sul da Alemanha, em 10 de fevereiro de 1898. Sua família pertencia à elite econômica da cidade. Em 1917, muda-se para Munique, onde se matricula no curso de Medicina, mas já no ano seguinte estreia como autor teatral com a peça *Baal*, além de escrever crítica nessa área. Seu primeiro filho, Frank, com a namorada Paula Banholzer, nasce em 1919. Sua peça *Tambores na noite* ganha o Prêmio Kleist em 1922. Do casamento com Marianne Zoff, nasce sua filha Hanne, em 1923. Na mesma época, conhece a atriz Helene Weigel, que se tornaria sua companheira de toda a vida e com quem teria dois filhos, Stephan (1924) e Barbara (1930). Na tentativa fracassada de golpe por Adolf Hitler, ainda em 1923, Brecht figura entre os primeiros de uma lista de pessoas a serem detidas. No ano seguinte, transfere-se para Berlim, onde trabalha no Deutsches Theater de Max Reinhardt até 1926. Nesse período, aproxima-se do marxismo em leituras de *O Capital*.

Sua *Ópera dos três vinténs* alcança grande sucesso de público e crítica em 1928. Casa-se com Helene Weigel no ano seguinte. Em 1930, escreve *A Santa Joana dos matadouros*, considerada uma de suas grandes peças. O roteiro de *Kuhle Wampe* (1931), dirigido por Slatan Dudow, é sua primeira colaboração na área do cinema. Aprofunda suas leituras marxistas a partir de 1932, assistindo a cursos de Karl Korsch. O incêndio do Parlamento alemão em 28 de fevereiro de 1933 assinala a tomada do poder pelo nazismo. Brecht foge de Berlim no dia seguinte e dá início a um périplo por vários países na condição de exilado: Tchecoslováquia, Áustria, Suíça, França, Dinamarca, Suécia, Finlândia, União Soviética e Estados Unidos. Entre 1932 e 1937, viaja e acompanha encenações de suas peças em Moscou, Paris e Nova York. Em 1941, estabelece-se com a família em Santa Mônica, Califórnia, onde colabora em roteiros para Hollywood e escreve, entre outras, as peças *A boa alma de Setsuan*, *A resistível ascensão de Arturo Ui* e *O círculo de giz caucasiano*.

Em 1947, após depor para o Comitê de Atividades Antiamericanas, embrião do macartismo, Brecht decide voltar à Europa. Estabelece-se em Berlim Oriental em 1949, após ter sua permanência vetada na Alemanha

Ocidental. Funda, com Helene Weigel, o Berliner Ensemble, grupo cujas montagens percorreriam o mundo e consagrariam Brecht como autor fundamental no teatro do século XX. Em 1953, após a repressão à revolta dos trabalhadores na Alemanha Oriental, faz críticas ao regime e manifesta suas reservas no conjunto de poemas *Elegias de Buckow*, cidade onde mantinha uma casa de campo. Falece em 14 de agosto de 1956.

Ao longo da vida, ligou-se por laços de amizade e colaboração artística a nomes como Caspar Neher, Lion Feuchtwanger, Elizabeth Hauptmann, George Grosz, Kurt Weill, Walter Benjamin, Karl Korsch, Paul Hindemith, Hans Eisler, Margarete Steffin, Ruth Berlau, Fritz Lang, Erwin Piscator, Charles Laughton e Eric Bentley.

Principais obras:
Baal (teatro, 1918)
Tambores na noite (teatro, 1919)
Na selva das cidades (teatro, 1923)
Um homem é um homem (teatro, 1925)
Manual de devoção de Bertolt Brecht (poesia, 1926)
Ópera dos três vinténs (teatro, 1928)
Ascensão e queda da cidade de Mahagonny (teatro, 1930)
A Santa Joana dos matadouros (teatro, 1930)
Histórias do sr. Keuner (ficção, 1930)
A exceção e a regra (teatro, 1930)
O que diz sim e o que diz não (teatro, 1930)
Os cabeças redondas e os cabeças pontudas (teatro, 1934)
Canções, poemas, coros (poesia, 1934)
Romance dos três vinténs (romance, 1934)
Os Horácios e os Curiáceos (teatro, 1934)
Os fuzis da senhora Carrar (teatro, 1937)
Vida de Galileu (teatro, 1938)
O interrogatório de Lúculo (teatro, 1939)
Mãe Coragem e seus filhos (teatro, 1939)
O sr. Puntila e seu criado Matti (teatro, 1940)
A boa alma de Setsuan (teatro, 1941)
A resistível ascensão de Arturo Ui (teatro, 1941)
As visões de Simone Machard (teatro, 1943)
Schweyk na Segunda Guerra Mundial (teatro, 1943)
O círculo de giz caucasiano (teatro, 1944)
Pequeno órganon para o teatro (teoria dramática, 1948)
Os dias da Comuna (teatro, 1949)
Cem poemas (poesia, 1951)
Turandot ou o congresso dos alvejadores (teatro, 1953)
Tambores e trompetes (teatro, 1955)

Sobre o tradutor

Tercio Redondo é professor de literatura alemã na Faculdade de Filosofia, Letras e Ciências Humanas da Universidade de São Paulo. É autor de *Woyzeck: exploração social e forma dramática* (Nankin, 2015), comentário e tradução integral da tragédia de Georg Büchner, além de organizador, com Simone Rossinetti Rufinoni, do livro *Caminhos da lírica brasileira contemporânea: ensaios* (Nankin, 2013). Traduziu O *homem é um grande faisão no mundo*, de Herta Müller (Companhia das Letras, 2012), *A novela no início do Renascimento: Itália e França*, de Erich Auerbach (Cosac Naify, 2013), *As afinidades eletivas*, de Johann Wolfgang von Goethe (Companhia das Letras, 2014), e *A cruzada das crianças*, de Bertolt Brecht (Pulo do Gato, 2014), entre outros.

O projeto de tradução de *Conversas de refugiados* foi contemplado com uma bolsa para participação na IV Oficina de Tradução do programa Vice-Versa Alemão-Português, realizado na Casa de Tradutores Looren, na Suíça, de 28 de outubro a 3 de novembro de 2015.

Este livro foi composto em Sabon, pela Bracher & Malta, com CTP da New Print e impressão da Graphium em papel Pólen Soft 80 g/m² da Cia. Suzano de Papel e Celulose para a Editora 34, em outubro de 2021.